시시포스 신화

Camus, *Le mythe de Sisyphe*, 1943

시시포스
신화

부조리에 관한 시론

알베르 카뮈 지음 | 오영민 옮김

연암서가

옮긴이의 말

부조리와 반항을 예찬한 20세기 프랑스의 지성, 제2차 세계대전이라는 페스트 속에서 인간의 실존을 고민한 휴머니스트, 실존주의 거장 사르트르와의 우정과 결별의 에피소드, 『이방인』으로 노벨 문학상을 수상한 국제적인 명성의 작가이자 연극인, 아마도 이 정도가 우리의 머릿속에 각인되어 있는 카뮈의 초상일 것이다. 그러나 47년의 짧고도 긴 생을 마감했던 카뮈의 저 찬란한 결정들 이면에는, 부조리와 반항을 철저하게 몸으로 배워야만 했던 한 가난한 알제리 청년의 고뇌, 폐렴으로 인해 참전도 교수자격시험조차도 포기해야만 했던 무력한 반항인의 침묵, 당대의 지식인들로부터 철저하게 소외당했을 만큼 완강했던 중도의 고집, 그리고 명색이 노벨 문학상을 수상한 자식의 책을 단 한 줄도 읽을 수 없었던 글 모르는 어머니가 있었다. 카뮈의 생의 굵직굵직한 마디들은 우리 모두의 삶이 그러하듯, 결핍의 소산이자, 숱한 패배들에서 길어낸 영광 그 자체였다.

오늘날 카뮈의 전매특허가 되어버린 부조리라는 키워드는 인간 실존이 처한 기묘한 상황을 규정하기 위한 철학적 전문용어이기 이전에, 이렇듯 한 인간이 체득하고 감당해야 했던 삶의 무게를 묘사하기 위한 일상적 개인어의 차원에서 이해될 때, 공감의 폭은 넓어지고 그 울림은 깊어질 것이다. 1943년 출간 당시 『시시포스 신화』가 본격 철학 이론서가 아닌 에세이라는 타이틀을 들고 나온 것도, 당대 지식인이라면 아무렇지 않게 사용하던 그 흔한 철학적 개념도 없이 1인칭 서술로 작성된 것도, 추론과 묘사가 거듭하는 가운데 카뮈의 고뇌가 나-너-그들의 고뇌로 변주되어 결국 우리와 접속되는 것도, 바로 이러한 맥락과 무관하지 않다. 심지어 카뮈는 출판에 앞서 독자들에게 난해해보이지 않도록 '시시포스, 지옥에서의 행복'이라는 부연설명을 띠지로 둘러줄 것을 갈리마르 출판사에 부탁했을 정도로, 공감을 소중한 미덕으로 여겼던 작가이기도 하다.

실제로 실존철학의 전통에서 실존적 한계상황의 귀결을 가리키기 위해 도입되었던 부조리는 카뮈에 이르러 매우 폭넓은 의미를 부여받아, 인간조건을 성찰하기 위한 명철한 의식의 출발점으로 뒤바뀌고 있다. 요컨대 카뮈의 부조리는 '인간의 실존은 부조리하다'에서처럼 상황을 닫아버리는 술어가 아니라, '부조리한 실존에서 어떻게 살 것인가'에서처럼 상황을 열어놓기 위한 형용어로 기능한다. 이러한 부조리는 고착된 철학적 '개념'이 아니라, "인간의 호소와 세계의 비합리적 침묵의 맞대면"에서 태동하는 생생한 삶의 '감정'이기에, 카뮈는 인간이라면 누구나 맛보게 되는 이 부조리의 감정을 설명하거나 분석하려들지 않고, 일상에서 느낄 법한 평범한 예시들로 그려내고 있다. 때로는 권태로움에서 시작해 염려를 낳고 불안을 조장하는가 하면, 때로는 송두리째 뒤흔들어 헤아릴 길 없는 전락의 상태로 몰아넣는 부조리의 감정을, 잠들어 있는 우리의 정신을 일깨워 명철한 의식으로 이끄는 발화점으로 간주하고 있는 것이다. 그렇기 때문에 카뮈에게 있어 '낯섦'과 '구토'를 불러일으키지만 실존이 처한 상황을 있는 그대로 드러내어 진정한 삶을 추동하게 만드는 부조리를 회피하려 들거나 알량한 희망으로 덮어버리는 것은 우리의 의식과 판단을 흐리게 만드는 것이요, 곧 인간이 제 삶을 배반하는 일이 된다. 우리의 실존을 난감하게 만드는 부조리가 우리의 실존을 유지시키고 바로 볼 수 있게 해주는 토대라는 사실, 바로 여기에 카뮈가 말하는 부조리의 역설이 자리하고 있다.

그런데 실상 카뮈는 어떻게 살 것인가의 문제를 꺼내들기

이전에 '살 것인가, 말 것인가'라는 생과 사의 근원적인 물음 앞에 우리를 세워 놓는다. 삶을 말하기 위해 죽음의 문제로 곧장 육박해 들어가는 이 또 하나의 역설은 시시포스 신화를 구상하고 집필했던 시기(1939년-1943년)가 전쟁이라는 거악과 정확히 포개진다는 정황에도 불구하고, 자살이라는 문제와 맞물려 여전히 현재적이라 할 수 있다. 죽음이라는 거대한 부조리 앞에서 과연 삶이 살아볼 만한 가치가 있는 것인가라는 최초의 질문은 이미 죽음이 언도된 사형수와도 같은 인간 조건에서 헤어날 방법은 없다는 불가능성에 대한 인식, 결코 직접 경험할 수 없기에 가늠조차 할 수 없는 심연에 우리가 애초부터 놓여 있었다는 현실 인식을 확고하게 다져 놓는다. 모든 것이 무화되는 상황, 아니 모두가 죽는다는 뻔한 귀결로 인해 이미 그 자체가 무(無)인 상황에서 과연 진정한 인간존재로 거듭나, 삶을 완주하는 것이 가능한가라고 진지하게 되묻고 있는 것이다. 카뮈의 탐사는 이토록 무참한 비극을 무대로 출발한다. 사는 것이 곧 죽어가는 것이라는 역설 속에서, '하루하루를 죽어갈 것이냐 살아갈 것이냐', 만일 산다면 '그냥 살 것이냐 기꺼이 살아낼 것이냐' 라는 실존적 결단을 우리에게 촉구하고 있는 것이다. 그럼에도 카뮈는 우리 모두가 너무나 잘 알고 있지만 막상 타성과 관성에 젖어 의식하지 못했던 것을 강변하기보다는 지극히 상식적인 추론을 자명한 사실들에 기대어 연상하게 함으로써, 이러한 삶의 노정에는 한계를 자각하는 명철한 의식이 전제되고, 어떠한 유혹에도 흔들리지 않는 인간적 성실함이 요청되며, 희망도 영원도 바라지 않는 소박하고 겸손한 마음이 견지되어야 한다는 현세의 철학을 제시하고 있다. 비록 희미하지만 반짝이는 삶의 섬광이 떠오르기 위해서는 칠흑 같은 어둠이 있어야 한다는, 그리고 삶에의 열정이 무한하고 부질없는 현세에서의 반복을 통해서만 관철될 수 있다는 이 명멸(明滅)의 원칙은 죽음 속에서 삶을 건져내는 그만의 방식이자, 부조리한 상황에서 반항이라는 삶의 태도를 이끌어내는 그만의 비결이라 하겠다.

삶의 처음과 끝을 완강하게 채우고 있는 부조리의 굴레를 일찌감치 직감한 카뮈의 작품들 속에는 변명과 분노에 앞서 순결한 침묵이, 장황한 설명보다는 섬과도 같은 단장들이, 사변적인 어휘보다 절제된 일상의 언어가 우세하게 나타난다. 양가적인 사유 속에서 한결같이 중립을 지키는 그의 언어는 애매한 부조리의 근원적 상황을 묘사하기 위한 것일 뿐, 모호함을 증폭시켜 본질을 흐리는 기만으로 읽혀지지 않는다. 그래서일까 굳이 저널리스트로서의 그의 이력을 언급하지 않더라도 수많은 일상의 노트를 가장 적확한 형식으로 고정시키려 했던 그의 성실한 작법은 70년이라는 시간차와 지중해와 한반도라는 공간차가 가로놓여 있음에도, 인간 실존에 대한 보편적 통찰로 인해 수많은 독자 개개인의 해독 가능성을 거뜬히 품어내는 듯하다. 너무나도 처연하지만 그렇기에 너무나도 인간적인 시시포스를 통해, 카뮈는 인간실존의 가혹한 현재를 회피 없이 마주하기를, 그리하여 진정한 행복을 실감할 수 있는 인간-되기를 제안하고 있다.

2013년 올해는 『시시포스 신화』 출간 70주년이 되는 해이자, 카뮈 탄생 100주년이 되는 해이다. 역자를 포함해 이유 없이 바빠지고 영악해진 우리 모두의 눈에는 결연하고 우직한 시시포스가 기이할 정도로 부조리하게 여겨질지 모른다. 더구나 다시 펴낸 『시시포스 신화』 역시도 부조리한 태생이긴 마찬가지다. 그럼에도 역자 앞에 놓였던 이 이중의 부조리는 번역을 진행해 나가는 내내, 이 땅에서 하루하루의 승리를 거두는 수많은 시시포스들, 번역이라는 고역을 감당했던 앞선 세대의 시시포스들의 얼굴을 떠올리면서 이해되고 공감될 수 있었다. 산정에 오른 정복감을 주기는커녕 매순간 홀로 어두컴컴한 산기슭에 다시 선 기분을 느끼게 했던 번역 작업이었지만, 또다시 앞에 놓인 바위를 보며 미소가 머금어지는 것을 보면, 적어도 카뮈의 메시지가 역자에게는 통했던 듯싶다.

끝으로 역자 곁에서 저마다의 바위를 굴리고 있는 시시포스들을 언급하지 않을 수 없다. 이 책을 우리말로 옮길 수 있도록 기회를 마련해 주신 변광배 선생님, '시시포스'의 삶을 우정으로 동행하고 있는 용석 형, 모세 형에게 깊은 감사의 마음을 전한다. 오랜 시간 가르침과 격려로 함께 해주신 모교의 선생님들과 동학들에게도 감사의 마음을 전한다. 좋은 책을 고민하는 '연암서가'의 배려가 없었더라면, 이 책은 빛을 볼 수 없었을 것이다. 그리고 한없는 애정으로 응원해준 사랑하는 나의 가족과 경진에게 고맙다는 말을 전하고 싶다.

2013년 12월
왕산에서
오영민

차 례

파스칼 피아에게

부조리의 추론

오, 나의 영혼이여,
불멸의 삶을 열망하지 말라,
오히려 가능의 영역을 남김없이 소진할지어다.
—『핀다로스, 아폴로 축제 승자를 위한 세 번째 축가』

다음에 이어질 페이지들은 현 세기 도처에 확산되어 있다 할 수 있는 어떤 부조리의 감성에 대해 다루고 있을 뿐, 엄밀히 말해 우리 시대가 경험해 보지 못한 어떤 부조리의 철학에 관한 것은 아니다. 그러므로 본문의 여러 페이지들이 현대의 몇몇 탁월한 지성에 빚지고 있음을 앞서 밝혀두는 일은 기본적인 성실함의 발로라 하겠다. 내게 이러한 사실을 숨기려는 의도가 조금도 없는 바, 독자들은 이 책의 논의가 진행되는 내내 그들이 인용되고 논평되는 과정을 목격하게 될 것이다.

　　그러나 동시에, 지금까지 결론처럼 여겨 왔던 부조리가 본 시론에서는 하나의 출발점으로 간주되고 있다는 점을 일러두는 게 유익할 것 같다. 이러한 의미에서, 독자들은 나의 해설에 일견 잠정적인 측면이 있다고 말할 수 있겠지만, 바로 그런 이유에서 나의 해설이 촉구하고 있는 입장을 예단할 수는 없을 것이다. 오직 우리는 이 책에서 정신이 앓고 있는 어떤 병의 순수 상태에서의 묘사만을 발견하게 될 것이다. 지금으로선 여기에 그 어떠한 형이상학도, 그 어떠한 신앙도 연루되어 있지 않다. 이것이 바로 이 책이 지닌 한계요, 취하고 있는 유일한 방침이다.

부조리와 자살

참으로 진지한 철학적 문제는 오직 하나, 바로 자살이다. 삶이 고생해 살아볼 만한 가치가 있는지 없는지 판단하는 것, 이것이야말로 철학의 근본 문제에 답하는 것이다. 나머지, 가령 세계가 삼차원으로 되어 있다든지, 정신의 범주가 아홉 가지 혹은 열두 가지로 나뉘어져 있다든지 하는 문제들은 나중일이다. 이런 것들은 장난에 불과하다. 따라서 그 무엇보다 우선해 대답하지 않으면 안 된다. 그리고 니체의 주장대로, 어떤 철학자가 자신의 사유를 설파하되 스스로 모범을 보여야만 비로소 존중받을 수 있다는 것이 사실이라면, 우리는 이 대답의 중요성을 깨닫게 될 터, 왜냐하면 대답이란 결정적인 행동에 앞서 이루어지는 것이기 때문이다. 이는 마음에서는 쉽게 느껴지는 자명한 것들로, 다만 정신에서도 명백하게 만들기 위해서는 깊이 파고들어가야만 한다.

어떤 질문이 다른 어떤 질문보다 더욱 절박하다고 판단하게 만드는 것이 무엇인지 자문해 본다면, 나는 그 질문이 초래하게 될 모든 행동들이라고 답하겠다. 나는 존재론적 논증을 위해 죽음을 택한 사람을 여태껏 단 한 번도 본 적이 없다. 과학적 진리를 중요하게 여겼던 갈릴레이는 진리가 자신의 목숨을 위태롭게 하자, 그 즉시 세상 더할 나위 없이 쉽게 그것을 포기해 버렸다. 어떤 의미에서 보면 그는 잘한 거다. 그 진리는 그를 화형대로 내몰 만큼 가치 있는 것은 아니었기 때문이다. 지구와 태양 중 어느 것이 어느 것 주위를 맴도는지 따위의 문제는 정말이지 하찮은 것이 되고 만다. 요컨대 쓸데없는 질문이란 말이다. 반면 나는 인생이 고생해 살아볼 만큼 가치 있는 것이 아니라는 생각에 죽어간 수많은 사람들을 알고 있다. 그런가 하면 역설적이게도 자신에게 살아야 하는 이유(우리가 살아야 할 이유라 부르는 것은 동시에 죽어야 할 훌륭한 이유가 되기도 하지만)를 부여하는 이념들이나 환상들을 위해 스스로 목숨을 끊는 또 다른 부류의 사람들도 알고 있다. 따라서 나는 삶의 의미가 수많은 질문들 가운데서도 가장 절박한 질문이라고 생각한다. 과연 이 문제에 어떻게 답해야 할까? 모든 본질적인―그래서 나로선 내 자신을 죽음으로 몰고 가는 문제들 혹은 삶의 열정을 열 배쯤 증폭시켜 주는 문제들로밖에 이해되지 않는—문제들에 관한 사고방식은 아마도 두 가지, 즉 라 팔리스La Palisse의 사고방식과 돈키호테의 사고방식밖에 없을 것이다. 오직 명증과 서정 사이의 균형만이 우리를 감동에 이르게 하고, 동시에 명료한 이해에 이르게 해줄 수 있으리라. 고로 너무나 보잘 것 없으면서도 동시에 너무나도 비장함으로 가득한 주제를 다룰 경우에는, 누구나 떠올릴 법한 것이지만, 현학적이고 고전적인 변증법이 상식과 공감에서 비롯된 보다 겸손한 어떤 정신적 태도에 자리를 내주어야만 할 것이다.

이제껏 자살은 어떤 사회적 현상으로밖에 취급되지 않았다. 여기서는 반대로 우선 개인의 생각과 자살 사이의 관계를 문제 삼고자 한다. 자살이라는 행위는 마치 어떤 위대한 작품과 마찬가지로 마음의 침묵 속에서 준비된다. 당사자인 본인도 어찌 되어 갈지 모른다는 것이다. 어느 날 저녁, 그는 방아쇠를 당기거나 강물에 몸을 던진다. 언제였던가, 사람들은 스스로 목숨을 끊은 어느 건물 관리소장을 두고, 그가 5년 전 딸을 잃었고, 그 후로 부쩍 변했으며, 그리고 그간의 사정이 '그를 쇠약하게 만들었다'며 내게 말하는 것이었다. 이보다 더 정확한 표현을 바랄 수는 없을 것 같다. 생각하기 시작한다는 것, 그것은 곧 쇠약해지기 시작한다는 것이다. 이 초기 단계에서 사회는 크게 관여하는 바가 없다. 오히려 벌레는 사람의 마음속에 자리 잡고 있는 법. 그러니 바로 그곳에서 벌레를 찾아야만 한다. 실존과 마주하는 명철함에서 광명 바깥으로의 도피로 이끄는 저 사멸의 유희, 바로 그것을 추적하고, 그것을 이해해야만 한다.

어떤 자살에는 수많은 원인들이 있게 마련인데, 일반적으로 겉으로 드러난 원인들이 실질적인 원인들은 아니었다. 깊이 생각한 끝에 자살하는 일은 (그렇다고 이런 가설이 배제되는 것은 아니지만) 드물다. 위기를 촉발시키는 것은 거의 언제나 통제 불가능한 그 무엇이다. 신문에선 종종 '남모를 슬픔'이랄지 '불치병'을 이야기하곤 한다. 이런 설명들은 꽤나 그럴싸해 보인다. 하지만 바로 그날, 절망에 빠져 있던 이의 친구 하나가 그에게 냉담한 투로 말하진 않았는지 알아볼 필요가 있다. 그 친구야말로 죄인이다. 왜냐하면 그때까지 유예된 채 남아 있던 온갖 원한과 권태를 떼밀어 버리기에는 그 것만으로도 충분하기 때문이다.[1]

그런데 정신이 죽음 쪽에 내기를 걸었던 바로 그 정확한 순간의 미묘한 과정을 규정하는 일은 힘들다손 치더라도, 행위 자체에서 그 행위가 상정하고 있는 결과들을 이끌어내기란 한결 수월하다. 자살한다는 것, 그것은 어떤 의미에서는 마치 멜로드라마에서처럼 고백하는 일. 그것은 삶에 대처할

---

1 이 기회에 본 시론의 성격을 분명히 해두기로 하자. 사실상 자살은 한층 더 명예스러운 동기들에 관련되기도 한다. 중국 혁명 당시, 항의를 목적으로 감행되었던 소위 정치적 성격의 자살들이 그렇다.

수 없음을, 혹은 삶을 이해할 수 없음을 고백하는 것이다. 하지만 이런 식의 유비(類比)들에 빠져 너무 멀리 나아가기보다는 일상적인 표현으로 되돌아오자. 그것은 단지 '굳이 고생해 살아볼 필요 없다'는 것을 고백하는 데 지나지 않는다. 산다는 것, 물론 결코 쉽지 않다. 우리는 수많은 이유들로 인해 실존이 명령하는 행위들을 계속해서 실천해 나가는데, 그중에서도 으뜸가는 이유가 습관이다. 자신의 의지로 죽음을 택한다는 것, 그것은 바로 이 습관의 가소로운 성격, 살아야 하는 일체의 근원적 이유들의 부재, 삶의 일상적인 동요가 빚어내는 기상천외한 형국, 그리고 고통의 무용함을 본능적으로나마 알아보게 되었다는 사실을 함축하고 있다.

그렇다면 정신으로부터 삶에 꼭 필요한 수면마저 앗아가는 이 헤아릴 수 없는 감정이란 과연 무엇일까? 형편없는 이유들을 대서라도 설명할 수 있는 세계는 낯익은 세계다. 그러나 이와 반대로, 돌연 환상과 빛을 빼앗겨 버린 어떤 세계 속에서, 인간은 스스로를 낯선 자로 느끼게 된다. 잃어버린 고향땅에 관한 추억들도 혹은 약속된 땅에 대한 희망도 빼앗겨 버렸기에 이러한 유배(流配)에 구원이란 없다. 인간과 그의 삶, 배우와 그의 무대 사이의 절연(絶緣), 이것이 바로 부조리의 감정이다. 자신의 자살을 생각해 본 적 있는 건강한 사람이라면 그 누구든, 더 이상의 설명 없이도 이 같은 감정과 무(無)를 향한 동경 사이에 어떤 직접적인 관계가 있음을 인정할 수 있을 것이다.

본 시론의 주제는 정확히 부조리와 자살 사이의 이러한 관계, 자살이 부조리의 한 해결책이 될 수 있는지 가늠해 보려는 그 정밀한 측정에 있다. 우리는 속임수를 쓰지 않는 한 인간에게 있어, 스스로 진실이라고 믿는 것이 곧 그 자신의 행동을 결정짓는다고 전제해 볼 수 있다. 따라서 실존의 부조리함에서 비롯된 믿음은 그의 행동을 지배하고 있어야만 한다. 이런 차원에서 내려진 어떤 결론이, 분명하게 그리고 비장함을 가식하지 않은 채, 이해될 수 없는 어떤 조건과 어서 빨리 결별할 것을 요구하고 있는 것은 아닌지 의문을 품어 본다는 것은 그 자체가 정당한 호기심이라 하겠다. 물론 이는 기꺼이 자신의 생각에 일치되는 행동을 하려는 사람들을 염두에 두고 하는 말이다.

명료한 논리항들 안에 놓고 보면, 이 문제는 단순해 보이기도, 동시에 해결 불가능해 보이기도 할 것이다. 그러나 사람들은 단순한 질문들이 그에 못지않게 단순한 대답들을 이끌어내고, 자명한 것은 그 자체로 자명함을 함축하고 있다는 그릇된 추정을 한다. 선험적으로 보아도, 또 이 문제의 항들을 뒤바꾸어 보아도, 자살 하거나 혹은 자살 하지 않거나 하는 문제처럼, 철학적 해결책이란 것도 오로지 두 가지, 즉 긍정의 해결책 혹은 부정의 해결책 밖에는 없는 듯 보인다. 이렇게만 된다면야 더 바랄게 없을 것이다. 그러나 이렇다 할 결론은 내리지 않고 늘상 질문만 던지는 사람들도 끼워 줘야 하지 않겠는가. 난 지금 빈정대고 있는 게 아니다. 우리들 대다수가 이 경우에 해당하기 때문이다. 나는 마찬가지로 '아니오'라는 부정의 대답을 하는 사람들이 마치 '그렇소'라는 긍정의 대답을 생각하고 있었던 사람인 양 행동하는 것을 보기도 한다. 실상 내가 니체식 판단기준을 받아들인다면, 그들은 어찌되었든 간에 '그렇소'를 생각한 셈이다. 이와 반대로, 자살하는 사람들이 삶의 의미에 확신을 갖고 있는 경우도 흔히 볼 수 있다. 이 같은 모순들은 늘 일어나게 마련이다. 심지어 우리는, 오히려 논리가 무척이나 바람직해 보이는 이 사안에서만큼 모순들이 격렬하게 나타난 경우도 없다고 말할지 모른다. 그렇다고 철학적 이론들과 그 이론들을 설파한 철학자들의 실제 행동을 비교해 보는 것은 상투적인 생각일 터. 다만 삶에 어떤 의미를 부여하길 거부했던 사상가들 가운데, 문학에서의 키릴로프Kirilov, 전설 속에서 탄생한 페레그리노스Peregrinos[2], 그리고 가설에 속하는 쥘 르키에Jules Lequier를 제외하면, 어느 누구도 이 현실의 삶을 거부해 가면서까지 자신의 논리를 일치시켜 나가지 못했다는 점은 분명히 말해 두어야 할 것 같다. 사람들은 잘 차려놓은 식탁 앞에서 자살을 찬미

---

2 나는 페레그리노스에 버금가는 사람에 관한 이야기를 들은 적이 있는데, 제2차 세계대전 전후 작가였던 그는 자신의 첫 작품을 끝낸 뒤, 자신의 작품에 세간의 이목을 집중시키려고 자살을 감행했다는 것이다. 실상 주목을 끌긴 했지만, 그의 작품은 악평을 받고 말았다.

했다던 쇼펜하우어를 종종 우스갯거리로 인용하곤 한다. 그러나 여기엔 농담거리가 될 만한 게 조금도 없다. 비극적인 것을 진지하게 받아들이지 않는 이런 식의 태도가 그렇게 심각하다고는 할 수 없어도, 끝내 그의 인간됨을 심판하고 말았으니 말이다.

그렇다면 이와 같은 숱한 모순과 모호함 앞에서, 삶에 대해 우리가 갖고 있는 견해와 삶과 결별하기 위해 우리가 결행하는 행위 사이에는 그 어떠한 관계도 없다고 믿어야만 하는 걸까? 하지만 이런 식으로 그 무엇도 과장하지 말자. 한 인간이 자신의 삶에 대해 느끼는 애착 속에는 이 세상의 온갖 비참보다도 더욱 강렬한 그 무엇이 있는 법이다. 육체의 판단도 정신의 판단에 상당하는 것이어서, 절멸(絶滅)의 상황 앞에서 육체는 뒷걸음질 친다. 우리는 생각하는 습관을 획득하기에 앞서 살아가는 습관을 먼저 들인다. 매일같이 조금씩 죽음 쪽으로 우리를 몰아넣는 이 질주 속에서 육체는 돌이킬 수 없는 전진을 계속해 나아가고 있다. 요컨대, 이 모순의 본질은 내가 앞으로 회피(回避)라 부르게 될 것에 있는데, 이때의 회피라는 표현은 파스칼적 의미에서의 위희(慰戱, divertissement)보다 덜 한 것이기도 동시에 더 한 것이기도 하다는 점에서 그렇다. 본 시론의 제3의 주제를 이루는 이 치명적 회피, 그것이 바로 희망이다. '마땅한 자격이 있어야' 주어지는 내세에 대한 희망, 혹은 삶 그 자체를 위해서가 아니라 삶을 초월해 이상화시키고 삶에 어떤 의미를 부여하고 결국 삶을 배반하게 만드는 뭔가 대단한 이념을 위해 사는 사람들의 알량한 속임수 말이다.

이렇듯 온갖 것들이 뒤섞여 문제를 혼란스럽게 만들어 놓고 있다. 지금까지 우리는 삶에서 어떤 의미를 인정하지 않게 되는 일이 불가피하게도 삶이란 고생해 살아볼 만한 것이 못 된다는 선언으로 이어지게 된다고 말장난도 해보았고, 또 그렇게 믿는 척도 해보았는데, 이런 논의과정이 그리 헛된 것은 아니다. 사실상 이 두 판단 사이에는 그 어떠한 강제적 기준도 없다. 다만 지금까지 환기해 본 혼란스런 부분들하며, 서로 일치되지 않는 지점들, 그리고 일관되지 못한 모습들이 있다고 해서 주제를 벗어나 헤매서는 안 될 일이다. 모든 것을 걷어내고, 진짜 문제로 곧장 나아가야만 한다. 사람들이 자살하는 것은 삶이 고생해 살 만한 가치가 없기 때문이라는 점, 이는 분명 진리라고 할 수 있겠지만, 지극히 자명한 이치인바, 그것은 불모의 진리에 불과하다. 그렇다면 실존에 가해진 이러한 모욕, 내팽개쳐진 실존이 처해 있는 이 같은 부인(否認)의 상태란 우리의 실존이 아무런 의미도 없다는 데서 비롯된 것일까? 과연 실존의 부조리는 희망을 통해서든 혹은 자살을 통해서든 그 부조리의 상태로부터 빠져나올 것을 우리에게 요구하고 있는 것일까? 이것이야말로 그 밖의 것들은 모조리 걷어 내가며, 드러내고, 추적하고, 해명해야 할 문제라 하겠다. 과연 부조리는 죽음을 명하고 있는 것인가, 우리는 일체의 사유 방법론 및 무심한 정신의 유희로부터 벗어나, 다른 모든 문제들보다도 바로 이 문제에 우선권을 부여해야만 한다. '객관'을 표방하는 정신이 늘상 온갖 문제들에 끌어들이곤 하는 뉘앙스나 모순 혹은 심리학 따윈 이 같은 탐색, 이 같은 열정에 끼어들 자리가 없다. 여기서는 일견 부당해 보이는, 다시 말해 어떤 논리적인 사고만을 필요로 한다. 이는 쉬운 일이 아니다. 논리적이 되기란 언제든 쉽다. 그렇지만 끝까지 논리적이 되기란 거의 불가능하다. 이렇듯 제 손으로 목숨을 끊는 사람들은 자신의 감정의 비탈진 길을 그 끝까지 따라간다. 그러므로 자살에 관한 성찰은 나의 관심을 사로잡고 있는 단 하나의 문제, 즉 죽음에까지 이르게 하는 논리란 과연 존재하는가라는 질문을 제기해 볼 수 있는 기회를 내게 마련해준다. 과도한 열정을 배제한 채, 자명함이라는 저 유일한 빛 속에서, 오직 여기 내가 그 기원을 가리키고 있는 추론을 속행해 나아감으로써만 나는 이 문제가 무엇을 뜻하는지 알 수 있으리라. 이것이 바로 내가 부조리의 추론이라고 부르는 것이다. 많은 사람들이 이 같은 추론을 시도한 바 있다. 하지만 그들이 이 문제에 끝까지 충실했는지는 나로선 여전히 의문이다.

카를 야스퍼스Karl Jaspers는 이 세계를 통일성에 입각해 구성하는 일이 불가능하다는 것을 밝히면서, "그 같은 제약이 나를 나 자신에게로 인도했다. 기껏해야 나를 대리할 뿐인 어떤 객관적인 관점 뒤로 더 이상 내 자신을 숨길 수 없는 그곳, 더는 내 자신도 타인의 실존도 대상이 될 수 없는 그곳으로 나를 데려가고 만 것이다."라고 부르짖고 있는데, 그토록 많은 사람들에 뒤이어 야스퍼스가 상기시키는 것 역시도, 사고가 그 극한에 이르러 도달하게 되는 저 황량하고 물 한 방울 없는 공간들이다. 저기 앞서간 수많은 이들, 아마 그들도 그러한 공간들을 긍정했을 터, 그러나 얼마나 서둘러 그곳을 빠져나오려 했단 말인가! 사고가 비틀거리는 저 마지막 반환점, 수많은 사람들이 그곳에 도달했고, 그중엔 더 없이 겸허한 이들도 있었다. 그 순간 그들은 자신이 가진 것 가운데 가장 귀중한 것, 즉 자신의 삶을 포기했었다. 또 다른 사람들, 즉 지성의 대가들 역시도 자신들의 삶을 포기했지만, 그들이 실행에 옮긴 것은 가장 순수한 반항으로서의 사유의 자살이었다. 그러나 진정한 노력이란 오히려 가능한 한 그곳에 힘껏 비디어 남아, 저 머나먼 지방의 기괴한 식생(植生)을 가까이서 관찰하는 데 있다. 집요함과 통찰이야말로, 부조리와 희망과 죽음이 서로 응수하는 저 비인간적인 유희에서 특권을 부여받은 관객들이라 하겠다. 그때 비로소 정신은, 저 단순하면서도 미묘한 율동의 무도(舞蹈), 그 면면들을 비추어 보고 또 몸소 다시 체험해내기에 앞서, 그것들을 분석해낼 수 있을 것이다.

부조리의 벽들

위대한 작품들과 마찬가지로, 심오한 감정들은 항상 의식적으로 말하는 것 그 이상을 의미한다. 한 인간의 영혼 속에서 끊임없이 발생하는 어떤 생동(生動)이나 척력(斥力)은 실천하거나 사고하는 습관들 속에서 다시 발견되고, 영혼 스스로도 알지 못하는 숱한 귀결들에서까지 계속해서 추구된다. 크나큰 감정들이라면 찬란한 것이든 비참한 것이든 그 감정들 특유의 세계를 동반하게 마련이다. 이러한 감정들은 특유의 열정으로 배타적인 어떤 세계를 해명해냄으로써, 그 안에서 저마다의 고유한 풍토를 되찾는다. 여기엔 질투의 세계도, 야망의 세계도, 이기심 혹은 이타심(利他心)의 세계도 존재한다. 하나의 세계, 이는 곧 하나의 형이상학이자 정신의 어떤 태도라 하겠다. 이렇듯 특성화된 감정들에서 진실인 것은, 그 바탕이 되는 정동(情動)들, 가령 아름다움이 우리에게 불러일으키거나 부조리가 촉발시키는 정동들만큼이나 불확정적인 동시에, 혼미하면서도 '확실하고', 아득하면서도 '현재적인' 정동들에 있어서는 더욱 더 진실한 것이 되어 줄 것이다.

어느 길목에서든 우연히 맞닥뜨릴 수 있는 부조리의 감정은 그 누구의 면전에도 들이닥칠 수 있다. 이 감정은 난감하기 짝이 없는 그 적나라한 모습, 그 광채 없는 빛만 놓고 보면, 있는 그대로 파악되기 어렵다. 그러나 이 난해함이야말로 성찰해 볼 만한 가치가 있다. 한 인간이란 우리에게 영원히 미지의 존재로 남는바, 그 사람 안에는 우리의 이해를 빗겨나 있어 환원 불가능한 그 무엇이 항상 존재한다는 식의 생각은 어쩌면 사실이기도 할 것이다. 그러나 나는 수많은 사람들을 '실질적으로' 알고 있고, 그들의 품행, 그들의 행위들의 총체, 그리고 일생에 걸쳐 그들의 인생행로가 야기한 수많은 결과들을 통해 그들이 누구인지 인식하곤 한다. 마찬가지에서 분석이 포착해내지 못할 저 모든 비합리적 감정들도, 그 감정들이 초래하는 결과들의 총화를 지성의 차원에서 결합하고, 그 감정들의 온갖 면면들을 포착해 기술하고, 또한 그 감정들의 숱한 세계들을 되새겨 그려냄으로써, 나는 그 같은 감정들을 '실질적으로' 정의내리고, '실질적으로' 평가할 수 있게된다. 내가 똑같은 배우를 언뜻언뜻 백 번 보았다고 해서 그에 관해 개인적으로 더 잘 아는 것은 분명 아닐 것이다. 하지만 내가 만일 그가 분(扮)했던 주인공들의 총합을 만들어 보고, 백 번째 인물에까지 면밀히 대조해 본 다음, 그제야 그를 조금은 더 잘 알게 되었다고 말한다면, 여기엔 일말의 진실이 있음을 공감하게 되리라. 왜냐하면 겉보기에 명백한 이 역설은 일종의 우화이기도 하기 때문이다. 이 우화에는 한 가지 교훈이 있다. 그 교훈은 한 사람의 인간이란 그 자신의 진솔한 충동들에 의해 정의되는 것만큼이나 그가 연기한 수많은 연극들을 통해서도 능히 정의될 수 있다는 점을 가르쳐준다. 이러한 사정은 좀 더 나지막한 목소리인 까닭에 마음에 바로 와 닿지는 않지만, 전제된 여러 정신적 태도들로 인해 부분적으로 노출되는 감정들의 경우에서도 마찬가지라 하겠다. 독자들은 이 대목에서 내가 하나의 방법론을 정의하려한다는 사실을 짐작했을 것이다. 다만 이러한 방법론이 분석에 관련된 것일 뿐, 인식에 관련된 것은 아니라는 점 역시 짐작했으리라 믿는다. 왜냐하면 이런저런 방법론들은 여러 형이상학적 고찰들을 포함하고 있는 법이어서, 때로는 스스로 아직 알 수 없다고 주장하는 결론들을 부지불식간에 노출시키기도 하기 때문이다. 이렇듯 한 권의 책 마지막 페이지들의 내용은 이미 첫 페이지들에 담겨 있게 마련이다. 이런 식의 매듭은 불가피한 것이기도 하다. 다만 여기서 정의되고 있는 방법론이라면 모든 참된 인식이 불가능하다는 솔직한 감정을 고백하는 데 있다. 오직 겉모습들만 열거될 것이기에, 그 풍토만을 느낄 수 있으리라.

그럴 때에야 비로소 우리는 부조리의 저 포착할 수 없는 감정을, 어쩌면 지성, 삶의 기술, 혹은 예술 그 자체라는 상이하지만 형제 같은 세계들 안에서 포착해낼 수 있을지 모른다. 부조리의 풍토가 맨 앞에 자리하고 있다. 그 끝은 바로 부조리의 세계요, 또한 이 부조리의 세계 속에서 정신이 취하는 태도인바, 바로 이러한 태도는 특유의 빛으로 세계를 비추어, 능히 알아볼 수 있게 된 저 특권적이고 냉혹한 얼굴의 민낯을 확연히 드러나게 해줄 것이다.

모든 위대한 행동들과 모든 위대한 사상들은 극히 하찮은 발단에서 시작된다. 위대한 작품들은 종종 어느 길모퉁이에서 혹은 어느 레스토랑의 회전문을 지나며 탄생한다. 부조리도 마찬가지다. 부조리의 세계는 다른 어떤 세계보다도 더욱 더 초라한 탄생으로부터 스스로의 고귀함을 이끌어낸다. 가령 어떤 상황들에서 그런 생각을 하게 된 본심이 뭐냐는 질문에 어떤 사람이 "그냥"이라고 답했다면, 이것은 그저 가식(假飾)으로 한 것일 수 있다. 연애를 해본 사람들이라면 이 같은 상황을 잘 알고 있으리라. 하지만 만일 이 대답이 진심에서 우러나온 것이라면, 그리고 그 대답으로 말미암아 공허함이 설득력을 얻고, 일상적인 제스처들의 연쇄 고리가 끊어지고,

마음이 그것을 다시 이어줄 자그마한 고리를 찾아보지만 아무 소용없게 되는 영혼의 기이한 상태가 나타나게 된다면, 그 대답은 부조리의 첫 징후나 다름없다.

더러는 무대 장치가 무너지는 경우가 있다. 기상(起床), 전차, 사무실 혹은 공장에서의 네 시간, 식사, 전차, 네 시간의 노동, 식사, 수면, 그리고 똑같은 리듬으로 반복되는 월·화·수·목·금·토, 대개 이 노정은 수월하게 이어진다. 그러나 어느 날 문득 '왜'라는 의문이 솟아오르면서 모든 것은 놀라움이 옅게 배인 권태라는 감정 속에서 시작된다. '시작된다', 바로 이 말이 중요하다. 권태는 기계적인 삶의 무수한 행위들 끝에 놓여 있으나, 동시에 그것은 의식의 운동을 개시한다. 권태는 의식의 운동을 일깨우고, 그 결과들을 촉발시킨다. 이 결과들이란, 연속된 삶으로의 무의식적인 회귀, 혹은 결정적인 각성일 수 있다. 이러한 각성의 끝엔, 시간이 흘러감에 따라 자살, 혹은 원상복귀라는 결과가 뒤따를 수 있다. 이때 권태란 그 자체로 뭔가 역겨운 구석이 있다. 하지만 여기선 이러한 권태를 바람직한 것으로 결론지어야 할 것 같다. 왜냐하면 모든 것은 의식에 의해 시작되고, 또 의식에 의해서가 아니고는 그 무엇도 가치를 지닐 수 없기 때문이다. 이런 식의 고찰들에 독창적인 것이라곤 없다. 그러나 이 고찰들은 자명한 것들로, 당분간은 간략하게나마 부조리의 근원들을 알아보기에 충분한 계기가 되어 줄 것이다. 이렇듯 모든 것의 근원에는 이 같은 단순한 '염려(念慮, souci)'가 자리하고 있다.

　마찬가지로 광채 없는 삶의 나날들에는 시간이 우리를 실어 나른다. 그러나 우리가 시간을 짊어져야 하는 순간은 언제든 다가오게 마련이다. '내일이면', '나중에', '네가 출세하면', '나이 들면 너도 알게 돼' 하며 우리는 미래를 향해 살아가고 있으니 말이다. 이 같은 모순된 언행은 기가 찰 노릇이라 하겠는데, 왜냐하면 그러다 결국엔 죽는 일만 남게 될 것이기 때문이다. 그런데도 사람은 어느 날이 되면, 내가 서른이구나 하며 확인하고 또 그렇게 말해 보기도 한다. 이런 식으로 그는 자신의 젊음을 분명하게 확언해 본다. 그러나 동시에 그는 시간과 관련지어 자기 자신을 위치시켜 본다. 제 자신을 시간에다 자리매김해 보는 것이다. 그는 모두 다 거쳐야만 한다는 사실을 고백하지 않을 수 없는 어떤 곡선 어느 한 순간에 자신이 놓여 있음을 인정하게 된다. 그는 자신이 시간에 속한 존재이고, 또한 자신을 사로잡고 있는 이 공포, 바로 거기에 자신의 최악의 적이 있다는 사실을 문득 깨닫고 만다. 내일, 자신의 전존재가 거부했어야 마땅한 그 내일을, 그는 내내 바라고 있었던 것이다. 이러한 육체의 반항, 이것이 바로 부조리다.[3]

3　다만 글자 그대로의 의미에서 부조리가 그렇다는 것은 아니다. 문제는 어떤 정의가 아니라, 부조리를 포괄할 수 있는 감정들의 '열거'에 있다. 또한 열거를 다 했다고 해도, 부조리를 철저하게 고찰한 것은 아니다.

한 단계 아래에는, 낯섦이다. 세계가 '두껍다'는 것을 깨닫는 일, 돌멩이 하나가 어느 정도나 낯설고 우리에게 환원 불가능한 것인지, 과연 얼마만큼 완강하게 자연이, 하나의 풍경이 우리들을 거부할 수 있는지 예감하게 되는 일이 그렇다. 모든 아름다움의 깊숙한 곳에는 비인간적인 그 무엇이 가라앉아 있어서, 저 언덕들, 하늘의 온화함, 나무의 윤곽들은 바로 그 같은 순간에 우리가 덧입혀 왔던 허망한 의미들을 잃고, 이젠 잃어버린 낙원보다도 훨씬 더 머나먼 존재들이 되고만다. 세계의 원초적 적의(敵意)가 수천 년을 거슬러 우리 앞에 들이닥친다. 순간 잠시 우리는 이런 세계를 이해할 수 없게 되는데, 이는 우리가 수세기에 걸쳐 진작부터 부여해왔던 형태들과 윤곽들만을 이해해왔기 때문이고, 더는 이런 인위적인 것을 이용할 만한 힘을 발휘할 수 없게 되었기 때문이다. 세계는 세계 그 자체로 되돌아가 버리기에 우리를 벗어난다. 습관에 의해 감춰져 있던 무대장치들은 본연의 모습으로 되돌아간다. 우리에게서 무대장치들이 멀어져 가는 것이다. 어느 여인의 낯익은 얼굴에서 몇 달 전 혹은 몇 년 전 사랑했던 여인을 낯선 사람처럼 다시 만나게 되는 날들이 있듯, 돌연 우리는 어쩌면 우리 자신을 너무나도 고독한 존재로 만들려고 들지 모른다. 그러나 아직 그때가 되진 않았다. 다만 주목해야 할 한 가지, 세계의 이러한 두께와 이러한 낯섦, 이것이 바로 부조리다.

인간들 역시도 비인간적인 것을 분비한다. 명철함이 발하는 몇몇 순간들이면, 인간들이 취하는 제스처의 기계적인 면모와 의미 없는 무언극은 인간을 둘러싼 모든 것을 바보짓거리처럼 여기게끔 만들어 놓는다. 유리 칸막이 뒤로, 한 사내가 통화를 하고 있다. 그의 목소리가 들리진 않지만, 부질없는 그의 몸짓은 보인다. 그러다 문득, 저 사람은 무엇 때문에 사는 걸까 하는 의문이 밀려든다. 인간 자체의 비인간성 앞에서 느껴지는 저 불편한 감정, 우리 존재 자체의 모습 앞에서 느끼게 되는 저 헤아릴 수 없는 추락, 우리 시대의 어느 작가가 이름 했던 저 '구토', 이것 역시 부조리다. 마찬가지로 어느 순간 거울 속에 불쑥 나타나 우리 자신과 마주치는 낯선 자, 우리가 우리 자신의 사진들 속에서 다시 만나게 되는 낯익지만 불안스러운 형제, 이것 역시 부조리다.

드디어 죽음, 그리고 죽음에 대해 우리가 품고 있는 감정을 언급할 차례가 되었다. 이 점에 관해서는 이전에도 모두 이야기되어 왔으니, 공연한 비장함은 경계하는 것이 온당할 듯싶다. 그럼에도 불구하고 사람들 모두가 하나같이 '미처 알지 못했다'는 듯이 살아가고 있는 모습은 정작 놀라운 일이 아닐 수 없다. 실상 죽음의 체험이란 존재하지 않기 때문이다. 말 그대로, 살아 본 것과 의식된 것만이 경험되는 법. 여기서는 기껏해야 타인의 죽음에 관한 경험만을 말할 수 있을 뿐이다. 타인의 죽음이란 일종의 대용품이자, 정신의 어떤 관점에 불과하기에, 우리가 이러한 타인의 죽음을 통해 충분하게 설득될 리는 만무하다. 이 우울한 관례가 설득적일 수는 없을 터. 실상 공포는 사건의 수학적 측면에 기인한다. 만일 시간이 우리로 하여금 공포심을 느끼게 만든다고 할 때, 그 까닭은 일단 시간이 증명을 하고 나서야, 답이 뒤따르기 때문이리라. 영혼에 관한 온갖 미사여구라면, 이 책에서 적어도 당분간은 정반대되는 완전히 새로운 식의 증명을 만나보게 될 것이다. 따귀를 때려 보아도 더 이상 자국이 남지 않는 이 무력한 육체에서, 영혼은 사라지고 없다. 죽음이라는 뜻밖의 사건이 갖는 이러한 기본적이고도 결정적인 측면은 부조리의 감정의 내용을 이룬다. 죽음에 이르게 하는 이 숙명의 빛 아래로, 무용(無用)함이 제 모습을 드러낸다. 우리의 삶의 조건을 명령하는 저 통렬한 수학 앞에서는, 그 어떠한 도덕도 그 어떠한 노력도 '선험적으로' 정당화될 수 없는 것이다.

다시 한 번 말하지만, 이 모든 것은 이미 이야기되고 또 되풀이되어 왔던 것들이다. 여기서 나는 간결한 분류를 시도하고, 그 분명한 주제들을 제시하는 데 그치고자 한다. 이런 주제들은 문학 전체, 철학 전반에 두루 걸쳐있다. 일상적인 대화마저도 그것들을 화제로 삼고 있다. 문제는 이런 주제들을 다시 고안해내는 데 있지 않다. 다만 본질적인 질문에 대해 차후에도 의문을 제기할 수 있도록 이 자명한 사실들을 검토해 둘 필요가 있다. 거듭 말해 두지만, 내 관심은 허다한 부조리를 발견하는 데 있지 않다. 오히려 그 결과들에 있다. 그렇다면, 만일 우리가 이러한 사실들에 확신을 갖고 있다 할 때, 과연 무엇을 결론지어야 하며, 그리하여 더 이상 검토할 것이 없을 정도가 되려면 과연 어디까지 밀고 나가야만 하는 것일까? 자의로 목숨을 끊어야 하는 것일까, 아니면 그럼에도 불구하고 희망을 품어야만 하는 것일까? 대답에 앞서, 이와 똑같은 조사를 지성적 차원에서 신속하게 진행해 볼 필요가 있을 것 같다.

정신의 첫 번째 기능은 참인 것과 거짓인 것을 판별해내는 것이다. 그러나 사유가 사유 자체를 반성할 때, 우선 발견되는 것은 하나의 모순이다. 이 대목에선 설득력을 갖추려 들어봐야 소용없다. 이 점에 관한 한, 수세기 동안 그 누구도 아리스토텔레스가 했던 것보다 더 명석하고 우아한 증명을 해내지는 못했던 것 같다. "이런 사유방식에서 종종 비웃음을 샀던 결론이라면, 이 같은 사유방식이 그 자체로 자멸하게 되어 있다는 점이다. 왜냐하면 모든 것을 참이라고 주장할 경우, 우리는 반대 주장의 진실성을 단언하는 셈이 되고, 결과적으로 우리 자신이 제시한 명제의 허위성도 단언하는 꼴이 되기 때문이다(왜냐하면 반대 주장은 우리의 명제가 참일 가능성을 허용하지 않으므로). 또한 만일 모든 것이 거짓이라고 말할 경우, 이 주장은 그 자체로 거짓이 되고 만다. 나아가 우리

의 주장에 반대되는 주장만을 거짓으로, 우리의 주장만 거짓
이 아닌 것으로 단언할 경우에도, 우리는 무수히 많은 참 혹
은 거짓의 판단들을 허용하지 않을 수 없게 된다. 왜냐하면
참인 어떤 주장을 표방하는 사람은 동시에 그 주장이 참이라
는 것을 웅변하고 있는바, 이런 식의 논리는 무한히 계속될
것이기 때문이다."

　이 같은 악순환은 정신이 제 자신에게 주위를 기울이다가
도 현기증 나는 소용돌이 속에서 갈피를 잃게 되는, 일련의
악순환 중에서도 최초의 것에 지나지 않는다. 그런데 이 같
은 역설들이 지닌 단순함 자체가 이 역설들을 돌이킬 수 없이
확고부동한 것들로 만들어 놓고 있다. 이해한다는 것, 그것은
그 언어의 유희와 논리의 곡예가 어떠하든, 무엇보다도 통일
시키는 것을 뜻한다. 인간 정신의 심층적 욕망이란 정신의 가
장 진화된 사고과정 내에서조차 인간이 저마다의 세계 앞에
서 떠올리게 되는 무의식적인 감정과 연결되어 있다. 요컨대
그 욕망은 낯익음에의 요구이자, 명료함에 대한 갈망이라 하
겠다. 한 인간에게 있어서 세계를 이해한다는 것은 곧 세계를
인간적인 것으로 환원시켜, 저마다의 낙인으로 이 세계에 흔
적을 남겨 놓는 것이리라. 고양이의 세계가 개미핥기의 세계
일 리 없다. '모든 사고는 인간적 형상을 하고 있다'는 말도
다른 의미가 아닐 것이다. 마찬가지로 현실을 이해하고자 하
는 정신이라면, 현실을 사유의 언어로 환원시킬 수 있을 때에

야 비로소 만족을 느낄 수 있을 것이다. 만일 인간이 이 세계 역시도 사랑할 수 있고 고통을 느낄 수 있다는 점을 인정하게 된다면, 인간은 세계와 화해를 이룰지도 모를 일이다. 만일 인간의 사고가 갖가지 현상들이 변모하는 무수한 반영들 속에서 그것들을 요약해내고 또 그것들 스스로가 단일한 원리로 요약되는 어떤 영속적인 관계들을 발견해내기라도 한다면, 우리는 어떤 정신의 행복에 관해 이야기해 볼 수도 있을 터, 그때면 축복받은 자들의 신화에서 운운하는 정신의 행복은 터무니없는 날조처럼 여겨질지도 모른다. 바로 이 통일성에의 향수, 이 절대에의 갈망은 인간적 드라마의 본질적인 움직임이 무엇인지 여실히 보여준다. 그러나 이러한 향수가 엄연한 사실이라고 해서 당장에 해소되어야 한다는 것은 아니다. 왜냐하면 만일 우리가 욕망과 그 정복을 가르고 있는 심연을 뛰어 넘어, 파르메니데스처럼 유일자(그 존재가 무엇이든 간에)의 실재를 단정할 경우, 인간의 정신은 완전한 통일성을 단언하는 동시에, 그 단언 자체로 인해 그토록 해결하려 했던 차이와 다양성을 오히려 입증하고 마는 어리석은 모순에 빠지게 될 것이기 때문이다. 이 또 하나의 악순환은 우리가 품고 있는 희망의 숨통을 옥죄기에 충분하다.

　이러한 것들도 역시나 자명한 것들에 해당한다. 나는 이 자명한 것들이 흥미로운 이유가 자명함 그 자체에 있는 것이 아니라, 거기서 우리가 이끌어 낼 수 있는 여러 결과들에 있다는 점을 거듭 말해 두려 한다. 나는 또 다른 자명한 사실 하나를 알고 있다. 그것이 내게 알려준 것은, 인간은 죽음을 면할 수 없는 존재라는 사실이다. 그럼에도 불구하고 이 사실로부터 극단의 결론들을 이끌어냈던 사람들은 손꼽아 볼 수 있을 정도에 불과하다. 다만 본 시론에서는, 우리가 알고 있다고 상상하는 것과 우리가 실제로 알고 있는 것, 그리고 실질적인 동의(同意)와 무지(無知)를 가장하는 태도—실은 이런 태도 덕분에 진짜 겪기라도 하면 삶 전체가 송두리째 뒤바뀔만한 생각들을 품고도 그냥 살아갈 수 있는 것이지만—사이에 한결같이 존재하는 편차들을 변함없는 기준으로 삼아야만할 것이다. 바로 이러한 인간 정신의 뒤얽힌 모순 앞에서, 우리는 우리의 고유한 창조물로부터 우리 자신을 갈라놓는 절연 상태를 온전히 포착하게 될 것이다. 희망들로 가득 채워진채 요지부동인 이 세계 속에서 인간 정신이 침묵을 고수하는한, 모든 것은 정신의 향수가 빚어낸 저 통일성 안에 반영되고, 정렬되고 만다. 그러나 일단 정신이 움직이기만 하면, 이 세계는 금이 가고, 무너진다. 번뜩이는 무수한 섬광들이 의식 앞에 나타나는 것이다. 하지만 마음의 안식을 가져다줄지도 모를 익숙하고 고요한 표면을 저 섬광들만으로는 결코 재구성해낼 수 없다는 사실에 절망하지 않을 수 없다. 우리는 여러 세기에 걸친 수많은 탐색들, 숱한 사상가들의 무수한 포기들을 지켜봐 오며, 이것이야말로 우리의 앎 전체에 있어 진실이었음을 알게 되었다. 공공연하게 합리주의를 표방하는 자들을 제외하면, 오늘날 우리는 실로 참다운 인식에 절망하고 있다. 만일 인간의 사유에 관한 유일하고도 유의미한 역사를 써야만 한다면, 어쩌면 우리는 인간 사유가 계속해온 수많은 뉘우침들과 그 무력함의 역사를 기술해야만 할지도 모를 일이다.

실제로, 나는 과연 그 누구에 대해 그리고 그 무엇에 대해 "난 그것을 알고 있소!"라고 말할 수 있단 말인가? 내 안의 이 마음, 난 그것을 느낄 수 있기에, 그것이 실재한다고 판단한다. 이 세계, 난 그것을 만질 수 있기에, 또다시 그것이 존재한다고 판단한다. 그런데 바로 이 지점에서, 나의 모든 지식은 멈추고, 나머지는 죄다 구성(構成)이 되고 만다. 왜냐하면 내 자신이 확신해 마지않는 이 자아라는 것도 막상 포착하려 하고, 그리하여 그것을 정의 내리고 요약하려 들 경우, 내 손가락들 사이로 새나가는 한 잔 물에 지나지 않게 되기 때문이다. 나는 이런 자아가 취해 보일 수 있는 하나면서도 전부인 그 모든 면면들, 다시 말해 사람들이 자아에 부여해 왔던 온갖 모습들, 가령 그 교육, 그 기원, 그 열정 혹은 그 침묵들, 그 위대함 혹은 그 저속함까지도 하나하나 다 그려낼 수 있다. 그럼에도 우리는 이 얼굴들을 종합해내진 못한다. 분명 내 것인 이 마음 자체도 나에게는 영원히 정의 내릴 수 없는 그 무엇으로 남게 될 터. 나의 실존에 대한 나의 확신과 이런 확신에 내가 부여하려는 내용을 단절시키고 있는 이 열곡(裂谷)은 결코 메워지지 않을 것이다. 영원토록, 나는 내 자신에게 낯선 자로 남게 되리라. 논리학에서처럼 심리학에도, 복수의 진리는 있되, 유일한 진리란 없다. 가령 "너 자신을 알라."라는 소크라테스의 말도 우리가 고해성사 때 듣게 되는 "덕을 행하라."라는 말 정도의 가치가 있을 뿐이다. 이런 말들은 어떤 무지를 폭로하는 동시에, 어떤 향수를 불러일으킨다. 다만 이 모두는 거창한 주제들에 기대어 내뱉는 부질없는 말장난들일 뿐. 이런 말장난들이 정당성을 얻는 것은 어림잡아 그렇다는 그에 딱 맞는 기준 안에서 뿐이다.

또다시, 여기 나무들이 있다. 나는 그 거칠거칠한 표면을 만져본다. 여기 물이 있다. 나는 그 맛을 느껴본다. 풀내음과 별들의 정취, 밤, 마음 느긋한 저녁나절, 이처럼 그 위력과 그 힘을 실감하고 있는 이 세계를 내 어찌 부정할 수 있단 말인가? 그럼에도 이 땅의 모든 과학적 지식은 이 세계가 나의 것임을 확신할 만한 것이라곤 아무것도 내게 가져다주지 못할 것이다. 그대들은 이 세계를 그려 보이고, 이 세계를 분류하는 방법을 내게 가르쳐준다. 그대들은 이 세계의 법칙들을 열거하고, 나는 알아내고 싶은 갈망에 그 법칙들이 참이라는 데 동의한다. 그대들은 이 세상의 메커니즘을 해부하고, 나의 희망은 커져 간다. 그 끝에 이르러, 그대들은 이 대단하고 복잡다단한 우주가 원자로 환원되고, 그 원자 자체도 전자로 환원

된다는 사실을 내게 가르쳐준다. 이 모든 게 다 그럴듯해서, 나는 그대들이 이야기를 계속 이어가기를 기다려 본다. 그런데 그대들은 눈에 보이지도 않는 어떤 천체(天體) 같은 것을 내게 얘기하더니, 그 안에서 전자들은 하나의 핵 주위를 맴돌고 있다고 알려주는 게 아닌가. 이 세계를, 그대들은 어떤 이미지로 내게 설명해준 것이다. 이쯤에서 나는 그대들이 이 세계에 관한 어떤 시적 영역에 도달했음을 알아차리게 된다. 그러니까, 난 도저히 알 수 없게 되고 만 것이다. 그렇다고 내게 분노할 만한 시간이 주어지기는 할까? 이미 그대들은 이론을 갈아타고 난 뒤인 것을. 이렇듯 내게 모든 것을 가르쳐줄 것만 같았던 과학은 가설로 끝나 버리고, 명철함은 비유 속에서 빛을 잃고, 불확실성은 예술 작품으로 귀착된다. 과연 무엇 때문에 그 많은 노력이 내게 필요했던 것일까? 저 언덕들의 부드러운 윤곽과 심란한 마음을 어르는 이 저녁의 손길이, 오히려 세계에 관해 훨씬 더 많은 것을 가르쳐 주는 것을. 난 내가 떠난 출발점으로 다시 되돌아오고 말았다. 설령 내가 과학을 통해 무수한 현상들을 포착하고 열거할 수 있다 한들, 그렇다고 내가 이 세계를 파악할 수 있는 것은 아니다. 설령 내가 손가락으로 이 땅의 기복(起伏)을 모조리 다 더듬어 보았다 한들, 내가 이 세상을 더 많이 알게 된 것은 아닐 것이다. 결국 그대들은, 확실하기는 하지만 아무것도 가르쳐 주지 않는 묘사와 가르쳐 주겠다고는 하지만 실은 조금도 확실할 게 없는 가설 중 어느 하나를 나더러 선택하라 한다. 그렇다면 내 자신에게도 이 세계에 대해서도 낯선 자가 되어 버린 내게, 단언하는 즉시 스스로를 부정하게 되는 어떤 사유에 전적으로 의지하고 있는 내게, 기어이 앎과 삶을 거부해야만 비로소 평화를 가져다주는 이 조건, 정복을 갈구하는 저 숱한 욕망들을 어디 한 번 덤벼 보라며 버티고 서있는 벽들에 부딪쳐 좌절시켜 버리는 이 조건이란 대체 무엇이란 말인가? 원한다는 것, 그것은 곧 온갖 역설들을 불러일으킨다는 것. 무심함과 마음의 수면상태 혹은 치명적 체념들이 가져다주는 중독된 평화, 모든 것은 이 중독된 평화가 잉태되도록 처방되어 있었던 것이다.

고로 지성 역시도 나름의 방식으로 이 세계가 부조리하다는 것을 내게 말해준 셈이다. 지성의 반대인 눈먼 이성이 모든 게 명백하다고 주장해 봐야 소용없는 일, 나는 증거들을 기다렸고, 또 이성이 옳기를 바라 왔다. 그러나 잘난척해 왔던 저 수많은 세기들, 웅변적이고 설득력을 갖춘 허다한 사람들의 주장에도 불구하고, 난 그것이 거짓임을 알고 있다. 적어도 이런 차원에서, 내게 알 수 있는 능력이 없다면, 행복이란 존재할 리 없다. 실천적이든 도덕적이든, 이런 식의 보편적 이성, 이런 식의 결정론, 모든 것을 설명해버리는 이런 식의 범주들에는 성실한 사람을 실소하게 만드는 구석이 있다. 실상 이런 것들은 정신과는 아무 관련이 없다. 이런 것들은 정신에 관한 뿌리 깊은 진실, 즉 정신이 사슬에 묶이듯 속박되어 있다는 진실을 부정하고 있으니 말이다. 이렇듯 해독해낼 수 없고 한정된 세계 속에서, 비로소 인간의 운명은 제 의미를 갖게 된다. 한 무리의 비합리가 불쑥 솟아올라, 인간을 그 종말에 이르기까지 포위한다. 통찰력이 일깨어지고 이젠 공모도 가능해졌기에, 부조리의 감정은 환히 밝혀지고, 명확해진다. 앞서 나는 이 세계가 부조리하다고 말한 바 있는데, 내가 너무 성급했다. 우리가 세계에 대해 말할 수 있는 것이라곤, 이 세계가 그 자체로는 합리적이지 않다는 것, 그 뿐이다. 그러니 뭔가 부조리하다는 것, 그것은 곧 이러한 비합리와 명확함—이런 명확함에 대한 절실한 호소는 인간의 가장 깊은 곳에서 울려 퍼지고 있다—에 이르고자 하는 광적인 욕망의 맞대면이라 하겠다. 부조리는 세계와 마찬가지로 인간과도 똑같이 관계 맺고 있다. 현재로선 부조리만이 이 둘을 이어주는 유일한 끈이다. 오직 증오만이 인간과 인간을 묶어내듯, 부조리는 인간들 서로를 고정시켜 놓는다. 이것이 나의 탐험이 계속되고 있는 이 측정할 길 없는 세계 속에서 내가 분명하게 감지할 수 있는 전부이다. 여기서 잠깐 멈춰 보자. 만일 나의 삶과 나 자신의 관계를 관장하는 이 부조리를 내가 진실로 여긴다면, 또한 이 세계의 수많은 광경들 앞에서 나를 사로잡는 감정, 어떤 학문적 탐구가 내게 부여하는 통찰을 마음 깊이 확신한다면, 나는 바로 이 확신들을 위해 모든 것을 희생해야 하고, 그것들을 정면으로 주시함으로써 고정시킬 수 있어야만 하리라. 무엇보다도 나는 이 확신들에 따라 나의 행동을 결정해야하고, 그것들을 그 모든 귀결들에 이르기까지 추구해야만 할 것이다. 지금 나는 어떤 성실함에 관해서 말하고 있다. 그러나 그에 앞서, 정녕 사유가 이런 사막 속에서도 살아갈 수 있는 것인지 알고 싶다.

사유가 적어도 이러한 사막에 들어섰다는 것은 내가 이미 알고 있는 바이다. 사유는 그곳에서 스스로의 양식을 발견했다. 바로 그곳에서, 사유는 여태껏 자신이 환영들을 먹고 자라 왔다는 사실을 깨닫게 되었다. 사유는 인간에 관한 성찰에 있어서 가장 절박한 몇몇 주제들에 계기를 마련해주었다.

부조리는 인지되는 바로 그 순간부터, 하나의 열정, 온갖 열정들 중에서도 가장 비통한 열정이 된다. 그런데 우리가 이런 열정들과 더불어 살아갈 수 있는 것인지 알아내는 일, 마음을 열광케 하면서도 동시에 불살라 버리고 마는 이 열정의 심오한 법칙을 과연 우리가 받아들일 수 있는 것인지 알아내는 일, 이것이 바로 문제의 요체다. 그럼에도 불구하고 우리가 지속적으로 제기하게 될 문제는 이게 아니다. 이 문제는 부조리 체험의 핵심에 해당하는 것이기 때문이다. 이 문제에 관해서는 차후 다시 언급하기로 하자. 오히려 여기서는 사막에서 잉태된 그 같은 주제들과 충동들이 무엇인지 확인해 볼까 한다. 그것들을 열거해보는 정도면 충분할 듯싶다. 그러나 이것들 역시도 오늘날 우리 모두가 알고 있는 바이다. 비합리의 권리를 옹호했던 사람들은 어느 때건 존재해 왔다. 소위 모욕당한 사유로 일컬어졌던 비판적 전통은 결코 중단된 적도, 활기를 잃은 적도 없었으니 말이다. 합리주의에 대한 비판이라면 더 이상 할 게 없을 정도로 수없이 행해져 왔다. 그럼에도 불구하고 우리 시대는, 정말이지 이성은 이제껏 줄기차게 전진해 오지 않았냐는 듯, 이성을 난관에 빠트리려는 숱한 역설의 체계들이 되살아나는 현실을 목도하고 있다. 그러나 이것은 이성의 실효성을 입증해준다기보다는 차라리 이성이 품고 있는 희망이 얼마나 강렬한지를 보여주는 증거라 하겠다. 역사 차원에서 이 같은 두 가지 태도가 존속되어 왔다는 사실은 통일성을 향한 호소와 자신을 옥죄는 벽들에 대한 분명한 인식 사이에서 분열된 채 갈등하는 인간의 본질적인 열정을 방증한다.

그러나 아마도 그 어떤 시대도 우리 시대만큼이나 이성에 대한 공격이 활발했던 적은 없었을 것이다. "우연, 이야말로 세상에서 가장 오래된 고결함일 터. 내가 이 고결함을 초월하는 그 어떤 영원 의지도 존재하지 않는다고 말했을 때, 나는 이 세상 모든 만물에 고결함을 되돌려주었던 것이다."라고 했던 차라투스트라의 위대한 외침 이래로, "죽음 뒤엔 더 이상 아무것도 존재하지 않는, 죽음에 이르는 병"에서 키르케고르가 일컬은 이 죽음에 이르는 병 이래로, 부조리의 사유에 관한 의미심장하고도 고통스러운 주제들은 계속되어 왔다. 아니 적어도—이러한 뉘앙스야말로 중요하다—비합리적이고 종교적인 사유의 주제들만큼은 계속되어왔다 해도 무방할 것이다. 야스퍼스에서 하이데거, 키르케고르에서 셰스토프, 여러 현상학자들에서 셸러에 이르기까지, 논리적 차원 및 도덕적 차원에서, 그 방법론과 목적들은 서로 대립되었을지언정, 비슷한 향수를 품었던 이 같은 정신들의 하나 된 혈통은 이성의 왕도(王道)를 차단하고, 진리로 나아가는 숱한 정도(正道)들을 되찾기에 열중해 왔다. 그리고 나는 이러한 사유들이 이미 알려지고 체험되었다고 생각한다. 이들 모두는, 그 야심이 어떻든 또 어떤 것이었든 간에, 이율배반과 괴로움 혹은 무력함이 지배하고 있는 도저히 형용할 수 없는 이 세계를 출발점으로 삼았다. 그러므로 그들에게 공통된 것이라면, 우리가 지금까지 간파해낸 바로 그 주제들이라 하겠다. 그들 자체를 놓고 봐도 분명하게 지적해두어야 할 중요한 사항이라면, 그들이 내린 결론이란 것도 이 같은 발견들이 있었기에 도출될 수 있었다는 점이다. 이는 별도의 논의가 필요할 정도로 중요한 문제를 이룬다. 다만 지금 당장은 그들이 일궈낸 발견들과 최초의 경험들만이 문제된다. 그러니 그들의 공통점을 확인하는 일만 문제 삼기로 하자. 그들의 철학을 운운하는 것이 외람될지는 모르겠지만, 어쨌든 그들의 공통된 분위기를 느끼게끔 하는 일은 가능한 것일 뿐더러, 또 그것이면 충분하지 않을까 싶다.

하이데거는 인간 조건을 냉철하게 고찰하고, 인간의 실존이 모욕당했음을 공언한다. 유일한 현실은 무수한 존재들이 온갖 층위들에 걸쳐 기울이는 '염려'라는 것이다. 세계 안에서 그리고 이런 세계의 위희들 속에서 길 잃은 인간에게, 이런 염려란 잠시 왔다 사라져버리는 잠깐의 공포일 뿐이다. 하지만 이 공포는 의식 되는 순간, 명철한 인간이 처하게 되는 영속적인 풍토, 즉 불안이 되며, 이때 명철한 인간 안에는 '실존이 다시 자리하게' 된다. 이 철학 교수는 한 치 흔들림 없이, 세상 더할 나위 없이 추상적인 언어로 "인간 실존의 유한하고도 제한적인 성격은 인간 자체보다도 훨씬 더 근원적이다."라고 적고 있다. 칸트에게 관심을 기울인 그였지만, 그것은 칸트의 '순수이성'이 갖고 있는 한정적인 성격을 인식하기 위한 것이었다. 또한 이것은 자신의 분석의 말미에서 "불안에 휩싸인 인간에게 세계는 더 이상 아무것도 제공해줄 수 없다."는 결론을 내리기 위한 것이었다. 사실상 그에게 이 염려라는 개념은 추론의 여러 범주들을 어느 정도 뛰어넘는 것으로 비춰졌기 때문에, 그는 오직 그것만을 고려하고, 그것에 관해서만 언급하고 있다. 해서 그는 염려의 숱한 얼굴들을 열거한다. 평범한 인간이 이러한 염려를 자기 안에서 평준화시켜 애써 잊으려 할 때 발생하는 권태의 감정이랄지, 정신이 죽음을 응시할 때 발생하는 극한 공포감의 양상 등이 그렇다. 그 역시도 의식을 부조리한 것과 분리시켜 생각하지 않는다. 죽음에 대한 의식(意識), 이는 곧 염려를 불러일으키는 행위로, '이때 실존은 의식의 중개를 거치면서 어떤 고유한 호출신호를 제 자신에게 보내게 된다'는 것이다. 또한 의식은 불안의 목소리 그 자체이기에, 실존으로 하여금 '익명의 존재들 안에서의 자기 상실의 상태로부터 벗어나 자기 자신으로 되돌아올 것'을 명령한다는 것이다. 고로 그에게 있어서도 잠들어 있어선 안 될 일, 세상을 마감하는 순간까지 깨어 있어야만 한다. 이렇듯 그는 부조리한 세계 속을 버텨 나가며, 소멸할 수밖에 없는 이 세계의 성격을 고발한다. 그는 잔해들 한복판에서 자신만의 경로를 모색한 셈이다.

야스퍼스Jaspers는 일체의 존재론을 단념하는데, 왜냐하면 그는 우리가 '순진함'을 상실했다고 보기 때문이다. 그는 숱한 가상들이 빚어내는 죽음에 이르는 유희를 초월해낼 만한 그 어떤 것에도 우리가 이를 수 없으리라는 사실을 알고 있었다. 그는 정신의 종착점이 곧 실패라는 사실도 알고 있었다. 그는 역사가 우리에게 전해준 숱한 정신적 모험들에 천착함으로써, 각각의 체계에 내재하는 균열, 모든 것을 구원해냈던 환상, 무엇 하나 숨기지 못했던 설교를 가차 없이 폭로한다. 안다는 행위의 불가능성이 증명되고, 무(無)가 유일한 현실이 되어 나타나고, 도움조차 청할 수 없는 절망만이 그 유일한 태도가 되어 버리는 이 황폐한 세계 속에서, 그는 신성한 비

50

밀들로 이끄는 아리아드네의 실을 되찾으려는 시도를 감행한다.

한편 셰스토프Chestov는 끊임없이 동일한 진리들을 지향하는 저 놀라우리만치 천편일률적인 전 작품들을 통해, 가장 치밀한 체계, 가장 보편적인 합리주의마저도 언제나 인간 사고의 비합리에 부딪치고야 만다는 사실을 줄기차게 증명한다. 이성의 가치를 격하시키는 그 어떠한 반어적인 명증, 조소어린 모순도 그를 빠져나가지 못한다. 그의 관심을 사로잡는 유일한 것이라곤, 감정에 관한 이야기든 정신에 관한 이야기든 간에 온통 예외적인 것들뿐이다. 사형수의 도스토옙스키적 체험들, 니체적 정신의 극렬한 모험들, 햄릿의 저주나 입센Ipsen 식의 신랄한 귀족주의를 통해, 그는 돌이킬 수 없는 것에 대항하는 인간의 반항을 추적하고, 조명하고, 찬양한다. 그는 이성을 옹호하는 온갖 이유들을 거부하고, 세상 모든 확실성이 돌이 되어 버리는 저 무채색의 사막 한복판에 이르러서야 비로소 어떤 결의에 찬 발걸음을 옮기기 시작한다.

이 모든 인물들 중에서도 어쩌면 가장 흥미로운 인물이라 할 수 있는 키르케고르는 최소한 자신의 생애의 일정 시기 동안, 부조리를 직접 체험한다. "침묵들 중에서도 가장 확실한 침묵은 침묵을 지키는 데 있는 것이 아니라, 말하는 데 있다." 라고 했던 인간 키르케고르는 그 어떠한 진리도 절대적이지 않으며, 그 자체로 불가능한 실존을 만족시킬 수 없다는 사실을 그 무엇보다도 우선해 확인해낸다. 앎에 관한한 가히 돈 후안이었다고도 할 수 있는 그는 여러 개의 가명을 사용하고 숱한 모순을 되풀이해 가며, 『교훈적 담화들*Discours édifiants*』을 쓰는가 하면, 동시에 『유혹자의 일기*Le Journal du Séducteur*』라는 냉소적인 유심론 교본을 집필하기도 한다. 그는 위안, 도덕, 그리고 일체의 안식의 원리를 거부한다. 심장에 느껴지는 이 가시, 그 가시 박힌 고통을 그는 달래지 않는다. 오히려 그 고통을 일깨워, 기꺼이 십자가형을 받아들이는 자가 느낄 법한 절망어린 기쁨으로, 명철함, 거부, 연극 등과 같은 악마적인 것의 어떤 범주를 한 조각 한 조각 구축해 나간다. 다정다감하면서도 냉소적인 저 얼굴, 영혼 깊숙한 곳에서 울려 퍼지는 어느 외침 뒤에 불쑥 나타나는 저 갑작스러운 반전들, 이것들이야말로 자신의 한계를 초월해 있는 어떤 현실과 맞대결하는 부조리 정신 그 자체라 하겠다. 그래서 키르케고르를 특유의 분노에 이르게 하는 정신적 모험 역시도, 장식이 제거된 채 본래의 일관성 없는 상태로 되돌려진 어떤 체험의 혼돈 속에서 시작되고 있는 것이다.

한편 전혀 다른 차원, 즉 방법론적 차원에서, 후설과 현상학자들은 특유의 과도함을 통해, 세계를 본연의 다양성 속에서 복원시키고, 이성의 초월적 권능을 부정한다. 이들에 이르러 정신의 영역은 헤아릴 수 없을 만큼 풍부해진다. 장미의 꽃잎, 이정표, 혹은 인간의 손 같은 것들도 사랑, 욕망, 혹은 중력의 법칙 못지않게 중요성을 갖게 된 것이다. 생각한다는 것, 그것은 더 이상 통일시킨다든지, 어떤 대원칙의 얼굴 아래로 외관을 익숙하게 만들어 놓는 일이 아니다. 이제 생각한다는 것은 바라보는 방법과 주의를 기울이는 방법을 다시 배우는 일, 자신의 의식을 방향 짓는 일, 그리고 프루스트의 방식처럼 각각의 관념들과 각각의 이미지들을 특권적인 장소로 만드는 일을 뜻하게 되었다. 역설적이게도, 모든 것에 특권이 부여된다. 이제 사유를 정당화시켜주는 것은 사유의 극단적 인식이다. 키르케고르나 셰스토프의 사유보다도 더욱 적극적인 것이 되기 위해, 후설의 사유방식은 그 출발에서부터 이성의 고전적인 방법을 부정하고 희망을 저버리는가 하면, 급속하게 증식된 현상들, 해서 어딘가 비인간적인 면이 있다 싶을 정도로 풍부해진 그 수많은 현상들을 직관과 마음에 개방시켜 놓는다. 이런 식의 경로들은 세상 모든 지식들로 인도하거나, 아니면 그 무엇에도 이르지 못하게 한다. 말하자면 여기선 목적보다 방법이 더욱 중요해지는 것이다. 해서 중요한 건 오직 '인식하기 위한 어떤 태도' 뿐, 위안이 아니다. 다시 한 번 말해 두지만, 적어도 출발에 있어선 그렇다.

이러한 정신들 서로가 맺고 있는 저 뿌리 깊은 혈연을 어찌 감지하지 못한단 말인가? 나아가 더 이상 희망의 자리가 사라져버린 특권적이고 씁쓸한 어느 장소 주위로 저들이 다시 모여들고 있다는 사실을 어찌 모를 수 있단 말인가? 나는 모든 것이 내게 설명되거나, 그게 아니면 무(無)이길 원한다. 그런데 이성은 이렇듯 마음에서 비롯된 외침 앞에 무력하기만 하다. 이러한 요청에서 깨어난 정신은 무언가를 찾아 헤매어 보지만, 그저 모순들과 이치를 벗어난 말들만 발견할 뿐이다. 내가 이해하지 못하는 것이라면 합리적이지 않은 것들이리라. 세계는 이런 비합리들로 가득하다. 혼자서는 세계의 통일된 의미를 이해하지 못하는 내게, 이 세계란 어떤 거대한 비합리에 지나지 않는다. 단 한 번이라도 '이건 분명해'라고 말할 수만 있다면, 모든 것은 구원받을 수 있을지도 모른다. 하지만 앞서 언급한 이들 모두는 그 무엇도 분명치 않다고, 모든 게 혼돈이라고, 인간이란 오직 자신의 통찰력과 자신을 에워싼 벽에 대한 명확한 인식만을 간직할 뿐이라고 앞 다투어 부르짖고 있다.

이상의 모든 경험들은 서로 일치하고 교차한다. 극한의 경계에 도달한 정신은 어떤 판단을 내려야 하고, 그 귀결들을 선택해야만 한다. 바로 그곳에 자살의 문제와 그 대답이 자리하고 있다. 하지만 나는 탐색의 순서를 바꾸어, 지적인 모험에서 출발해 일상적인 행동들로 되돌아오려 한다. 여기서 거론된 여러 경험들은 사막에서 태동한 것이므로, 결코 우리는 이 사막을 떠나서는 안 된다. 적어도 그 경험들이 어디에까지 이르렀는지 알아내야만 하니 말이다. 노력이 부단히 계속되는 바로 그 지점에서, 인간은 비합리와 마주한다. 그는 자신

안에서 행복에의 욕망, 이성적 합리에의 욕망을 느낀다. 이렇 듯 부조리는 인간의 호소와 세계의 비합리적 침묵의 맞대면 에서 생겨나는 법. 결코 이 점을 잊어선 안 된다. 바로 이 문제 에 매달려야만 한다. 왜냐하면 일생의 모든 결판이 거기서 태 동할 수 있기 때문이다. 비합리, 인간적 노스탤지어, 그리고 이 양자의 맞대면에서 돌연 솟아나는 부조리, 이것들이야말 로 한 실존이 능히 받아들일 수 있는 모든 논리와 더불어 필 연적으로 끝이 나고 말 드라마의 세 등장인물인 것이다.

철학적 자살

　그렇다고 해서 부조리의 감정이 부조리라는 개념 그 자체
는 아니다. 부조리의 감정은 부조리라는 개념에 토대를 제공
해 주지만, 딱 그것 하나, 그뿐이다. 부조리의 감정은 세계에
대해 판단 내리는 그 짧은 순간을 제외하면 부조리라는 개념
으로 요약되지 않는다. 부조리의 감정은 그 이상이 되어야만
한다. 부조리의 감정은 생생하게 살아 있는 것이기에, 요컨대
죽어버리든, 그게 아니라면 더욱 뻗어나가 반향을 일으켜야
만 한다. 앞서 우리가 모아본 여러 주제들도 역시 그렇다. 하
지만 이 경우에도 또다시 나의 관심을 사로잡는 것은 작품들
이랄지 여느 지성적 사유들이 아니라—이에 대한 비판은 또
다른 형식, 또 다른 자리가 마련되어야 하리라—, 그 결론들

속에 공통적으로 존재하는 그 무엇을 발견해내는 일이다. 아마도 숱한 지성들이 이렇게까지 판이하게 다른 모습을 보인적도 없었던 듯싶다. 그럼에도 불구하고 이 동요하는 지성들을 에워싸고 있는 정신적 풍경들을 우리는 동일한 것으로 받아들이고 있다. 마찬가지로 그토록 서로 다른 학문 영역들을 거쳐 왔음에도, 그들의 지적 노정을 끝맺는 외침만큼은 동일한 방식으로 울려 퍼지고 있다. 다만 앞서 상기해 본 여러 사유들에 어떤 공통된 풍토가 자리하고 있음을 분명히 느낄 수 있을 터. 이런 풍토를 두고 가히 살인적이라 일컫는다 해도, 그저 말장난으로 치부할 수는 없으리라. 숨통을 조여 오는 듯한 이 하늘 아래서 사는 일은 그곳을 빠져나오거나, 혹은 그곳에 머물 것을 명하고 있으니 말이다. 고로 첫 번째 경우에는 어떻게 하면 그곳에서 빠져나올 수 있는지 아는 일이, 두 번째 경우에는 어째서 그곳에 계속 머물러야만 하는지를 아는 일이 관건이 된다. 나는 자살의 문제와 실존철학이 내렸던 몇몇 결론들에 우리가 기울이고 있는 관심을 각각 이런 식으로 규정하는 바이다.

이 문제를 검토하기에 앞서 나는 곧장 갈 수 있는 길을 잠시 돌아서 가볼까 한다. 지금까지 우리가 부조리의 경계를 그려 볼 수 있었던 것은 외접(外接)의 방식을 통해서였다. 하지만 우리는 이 개념이 명백하게 내포하고 있는 바를 자문해 볼 수도 있으며, 또한 직접적인 분석을 통해, 한편으로는 그 의미를, 다른 한편으로는 그 의미작용이 초래하는 여러 결과들을 다시 발견해낼 수도 있을 것이다.

만일 내가 무고한 어떤 이를 두고 끔찍한 범죄를 이유로 들어 비난하거나, 혹은 고결한 어떤 이를 두고 제 누이를 탐한 자라고 주장한다면, 그 사람은 필시 '터무니없소', 즉 부조리하다고 답할 것이다. 이러한 격분에는 희극적인 일면이 있다. 하지만 여기에는 나름의 심각한 이유도 있다. 이 고결한 사람은 이 같은 즉각적인 응수를 통해 내가 그에게 뒤집어씌운 행위와 본인이 평생 지켜온 원칙들 사이에 존재하는 결정적인 이율배반을 설명하고 있는 것이니 말이다. '부조리하다'는 것은 '그런 일은 있을 수 없다'를 말하려는 것일 뿐만 아니라, '모순된다'를 뜻하기 때문이다. 만일 내가 기관총 소대를 백병전으로 공격하려드는 사람을 본다면, 나는 그의 행동이 부조리하다고 판단하게 될 것이다. 그러나 이는 단순히 그의 의도와 그를 기다리고 있는 현실 사이에 존재하는 불균형, 그리고 그의 실제 능력과 그가 작정한 목표 사이에서 내가 간파할 수 있는 모순에 근거해서만 부조리하다고 판단하는 것에 지나지 않는다. 마찬가지로 우리는 어떤 판결에 대해서도 외견상 비슷해 보이는 이전의 여러 사건들이 초래했던 판결과 대비해 봄으로써 그 판결의 부조리함을 추정하곤 한다. 또한 마찬가지로, 부조리를 통해 이루어지는 증명이란 것도 그 추론의 결과들과 우리가 정초하려는 논리적 현실을 비교해 봄으로써 성립된다. 가장 단순한 것에서 가장 복잡한 것까지 아우르는 이 모든 경우들에 있어서, 내가 비교하는 항목들 사이의 간극이 증가하면 할수록 부조리함의 정도는 더욱더 커지게 될 것이다. 세상에는 온갖 부조리한 결혼들, 도전들, 원한들, 침묵들, 전쟁들, 그리고 꼭 그만큼 부조리한 평화들도 존재하게 마련이다. 이러한 사안들 각각의 경우에서, 부조리하다는 판단은 어떤 비교에서 비롯된다. 고로 내게는 부조리함에 대한 자각이 어떤 사실 혹은 어떤 인상에 대한 단순한 검토에서 생겨나는 것이 아니라, 어떤 사실의 실태와 모종의 현실 사이의 비교, 어떤 행동과 그것을 초월하는 세계 사이의 비교로부터 돌연 솟아오르는 것이라 말하기에 충분한 근거가 주어진 셈이다. 부조리는 본질적으로 어떤 절연상태를 뜻한다. 부조리란 비교된 요소들 그 어느 한 편에 있지 않다. 부조리는 그 요소들의 맞대면에서 생겨난다.

그러므로 지성적 차원에서 부조리란 인간 내부에 있는 것도 아니요(이 같은 은유가 어떤 의미를 가질 수 있다는 전제에서), 세계에 있는 것도 아닌, 이 양자의 공통된 현존 안에 있다고 말할 수 있겠다. 현재로선 부조리가 이 둘을 하나로 묶어내는 유일한 끈이다. 정녕 자명한 사실들에 입각해 보건대, 나는 인간이 원하는 바를 알고 있고, 세계가 인간에게 제공하는 것을 알고 있으며, 이젠 이 둘을 하나로 묶어내고 있는 것 또한 알게 되었노라 말할 수 있게 되었다. 굳이 더 깊이 파고들어가야 할 필요가 있을까 싶다. 탐구하는 사람에겐 단 하나의 확신이면 충분하다. 이제 문제는 거기서 가능한 모든 결과를 이끌어내는 것뿐이다.

이로부터 즉각 도출되는 결과는 동시에 하나의 방법론적 규칙을 이룬다. 그렇다고 이런 식으로 우리가 밝혀낸 저 기이한 삼위일체에 갑작스런 아메리카 대륙 발견과 같은 그런 성격이 있는 것은 전혀 아니다. 하지만 이 삼위일체는 무한히 단순한 동시에 무한히 복잡하다는 점에서 체험의 숱한 여건들과 공통된 그 무엇을 지니고 있다. 이러한 견지에서 여러 특성들 중에서도 으뜸가는 것이라면, 이 삼위일체가 분리될 수 없다는 점이라 하겠다. 해서 그 항목들 가운데 어느 하나를 파괴하는 것은 삼위일체 전체를 파괴하는 일이 된다. 부조리는 인간의 정신을 벗어나 있을 수 없다. 그러므로 세상 모든 것이 그렇듯, 부조리도 죽음과 함께 끝이 난다. 뿐만 아니라 부조리는 이 세상을 벗어나서도 역시나 존재할 수 없다. 그리고 바로 이러한 기본적인 판단기준에 입각했을 때, 나는 부조리라는 개념을 본질적인 것으로, 또한 이 개념이 나의 숱한 진리들 가운데서도 으뜸가는 것일 수 있다는 판단을 내리게 된다. 바로 이 지점에서, 앞서 언급한 방법론적 규칙이 나타난다. 만일 내가 어떤 것을 진실이라고 판단한다면, 나는 그것을 보존해야만 할 것이다. 만일 내게 어떤 문제로부터 그 해법을 이끌어낼 생각이 있다면, 적어도 해법 그 자체에 얽매여 해당 문제의 여러 항목들 중 어느 하나를 적당히 얼버무려서는 안 될 일이다. 지금 내게 주어진 유일한 여건은 부조리다. 문제는 그곳에서 어떻게 헤어날 것이며, 자살이 과연 이런 부조리로부터 귀결되는 것인지를 아는 데 있으리라. 고로 나의 탐색의 첫 번째 조건이자, 사실상 유일한 조건이란 나를 짓누르는 것 그 자체를 보존하고, 나아가 그 안에서 내가 본질적인 것으로 판단하는 그 무엇을 존중하는 데 있을 터. 앞서 나는 그것을 맞대면과 쉼 없는 투쟁으로 정의한 바 있다.

이러한 부조리의 논리를 그 극한에까지 밀고 나가면서도, 나는 이러한 투쟁이 희망의 전적인 부재(하지만 절망과는 아무 관련 없는), 부단한 거부(하지만 포기와 혼동해서는 안 될), 그리고 의식적인 불만족(하지만 젊은 날의 번민과 동일시 할 수 없는)을 전제하고 있다는 사실을 받아들여야만 한다. 이러한 강력한 요청들을 파괴하거나, 은근슬쩍 넘겨버리거나 혹은 교묘히 가로채는 모든 것(그 무엇보다도 절연 상태를 파기시키는 동의)은 부조리 자체를 훼손시킬 뿐 아니라, 그와 동시에 내보일 수 있는 태도의 가치를 격하시킨다. 즉 부조리란, 오직 우리가 그것에 순순히 동의하지 않는 한에서만 의미를 갖는다.

순전히 도덕적인 문제로 비쳐질 수 있는 명백한 사실이 하나 있는데, 인간이라면 그 누구든 언제나 자신만의 진리들에 사로잡힌다는 점이 그것이다. 일단 진리들이 받아들여지면, 인간은 자신의 진리들로부터 떨어져 나올 수 없게 된다. 분명 어느 정도는 대가를 치러야만 하는 것이다. 부조리를 의식하게 된 사람은 영원히 부조리에 결박당하고 만다. 희망 없는 인간, 그리고 희망 없음을 의식하게 된 한 인간은 이제 더 이상 미래에 속할 수 없게 된다. 당연한 수순이다. 하지만 마찬가지로 그가 자신이 창조자인 자기 세계로부터 빠져나오기 위해 사력을 다하게 되는 것도 피할 수 없는 수순이다. 앞서 언급했던 모든 것들은 바로 이러한 역설을 고려할 때에야 비로소 의미가 있다. 이러한 견지에서 합리주의에 대한 모종의 비판으로부터 출발하여 부조리의 풍토를 인식했던 사람들이 과연 어떤 방식으로 자신들의 논리적 귀결들을 밀고 나갔는지 검토해 보는 것은 더없이 유익한 일이 될 것이다.

그런데 실존철학만 보더라도, 나는 이런 종류의 철학들 모두가 하나 같이 내게 도피를 권하고 있음을 깨닫게 된다. 기이한 추론을 통해, 그것도 오직 인간적인 것만 허용되는 어떤 닫힌 세계 속에서 이성의 잔해들을 바탕으로 하는 부조리를 사유의 출발점으로 삼고 있기에, 그들은 자신들을 짓누르는 것을 신성화하는가 하면, 자신들을 앗아가는 것에서 희망해야 할 어떤 이유를 발견해낸다. 그리고 이 강제된 희망은 누구의 경우에서건 종교적 본질을 그 기원으로 하고 있다. 잠시 우리는 이 문제에 주목할 필요가 있을 것 같다.

나는 여기서 그 일례로, 셰스토프와 키르케고르 특유의 주제들 중 몇 가지만 분석해 볼까 한다. 다만 가히 희화의 수준까지 밀고 나갔던 야스퍼스는 이러한 태도의 전형적인 사례를 우리에게 제공해줄 것이다. 그러면 나머지 문제들은 한층더 선명해질 터. 가령 그가 초월적인 것을 실감할 만한 능력도 없고, 딱히 체험의 심층을 헤아릴 만한 능력도 없으며, 오히려 그 좌절로 말미암아 뒤엉킨 이 세계를 그저 의식하고만있을 뿐이라고 상정해 보자. 그는 전진하게 될까, 아니면 적어도 이 실패로부터 모종의 결론들을 이끌어내게 될까? 실상 그는 무엇 하나 새로운 것을 내놓지 못한다. 그는 체험 속에서 자신의 무능에 관한 고백 이외에는 아무것도 발견해내지 못했을 뿐 아니라, 만족할 만한 원리를 추론하게 해줄 그어떤 계기도 발견하지 못했다. 그럼에도 불구하고 그는 정당한 증명도 생략한 채, 본인 스스로도 그렇게 말했듯, "실패란모든 설명과 가능한 일체의 해석을 넘어, 무(無)가 아닌 초월의 존재를 드러내 보여주는 것이 아니던가"라는 일갈을 통해, 단숨에 초월적인 것, 체험의 존재, 그리고 삶의 초인간적인 의미 모두를 일거에 단정 짓는다. 갑작스럽게도 그리고 인간의 믿음에 바탕을 둔 맹목적인 행위를 통해 모든 것을 설명해내는 이 존재를 일컬어, 그는 "보편적인 것과 개별적인 것의 인간적 이해를 초월하는 합일"로 정의 내린다. 이런 식으로 부조리는 곧 신(이 단어가 지닌 가장 폭넓은 의미에서)이 되고, 이때 이해불능이라는 무력함 그 자체는 모든 것을 밝혀내는 존재로 탈바꿈하고 있는 것이다. 그 무엇도 논리적 차원에서 이러한 추론을 성립시켜 주지 못한다. 그러니 나로선 일종의 비약(飛躍)이라 부를 수밖에. 그런데 우리는 역설적이게도 초월적인 것에 대한 체험을 실현 불가능한 일로 되돌려 놓은 야스퍼스의 고집과 한없는 끈기를 이해하게 된다. 왜냐하면 초월적인 것이 이런 식의 접근에도 포착되지 않고 빠져나갈수록 초월적인 것에 대한 정의 자체는 더욱 더 부질없는 일이 되고, 그 결과 그에게는 초월적인 것이 점점 더 현실처럼 여겨졌던 것인데, 이때 초월적인 것을 긍정하기 위해 그가 쏟았던 열정이란 그가 설명해낼 수 있는 능력과 세계 및 체험에서 비롯된 비합리성, 이 둘 사이의 간극에 정비례한다고 볼 수 있기 때문이다. 이렇듯 야스퍼스는 세계를 보다 근본적인 방식으로 설명하려 했던 만큼, 이성의 숱한 편견들을 더욱 더 악착같이 파괴하려 했음이 분명하다. 모욕당한 사유의 사도(使徒) 야스퍼스는 굴욕의 극한점에서, 존재를 그 심층에서부터 오롯이 다시 태어나게 할 그 무언가를 찾아내려 했던 것이다.

신비사상은 우리를 이 같은 방식들에 익숙하게끔 만들어 놓았다. 이러한 방식들은 여느 정신적 태도와 마찬가지로 정당한 것들이다. 하지만 지금 당장은 어떤 문제를 심각하게 받아들이고 있다는 듯 처신해 볼까 한다. 이러한 태도의 일반적 가치, 그리고 그 교육적 파급력을 예단하지 않은 채, 오직 이 태도가 내가 내 자신에게 제기했던 여러 조건들에 부합하는 것인지, 그리고 그 같은 태도가 나의 관심을 사로잡는 저 대립양상에 마땅한 것인지 검토해 보려는 것이다. 고로 다시 한번 셰스토프를 언급해야겠다. 어느 논평가는 그의 여러 명언들 가운데서도 다분히 흥미를 끌 만한 다음과 같은 이야기를 전하고 있다. 셰스토프 말에 따르면, "유일하고도 진정한 해결책은 인간의 판단으로는 해결책이 없다는 바로 그 지점에 있다. 그렇지 않다면 우리가 무엇 때문에 신을 필요로 하겠는가? 우리가 신에게 관심을 쏟는 것은 오직 불가능한 것을 얻기 위해서일 뿐. 가능한 것이라면, 인간만으로도 충분하다." 는 것이다. 만일 셰스토프의 철학이라는 것이 존재한다면, 나로선 전적으로 이런 식으로 요약된다고 말할 수 있을 것 같다. 왜냐하면 셰스토프는 열정적인 분석의 끝에 이르러 모든 실존에 내재하는 근원적 부조리성을 발견하면서도 "보라, 이게 바로 부조리다."라고 말한 것이 아니라, "보라, 여기 신이 있다. 비록 신이 우리의 그 어떠한 합리적 범주에 부합하지 않는다 해도, 우리가 마땅히 우리 자신을 내맡길 곳은 바로 신이다."라고 말하고 있기 때문이다. 나아가 이 러시아 철학자는 혼란이 일지 않도록, 이때의 신이란 어쩌면 증오스럽고 혐오스러운 존재, 이해할 수 없고 모순으로 가득한 존재일수 있으며, 다만 신의 얼굴이 더없이 추악한 모습을 보인다는 것 자체가 신이 그만큼 자신의 권능을 가장 강력하게 표명하고 있는 것이라고 암시하기까지 한다. 그러니 신의 위대함은 곧 그의 비일관성에 있고, 신의 자기 존재 증명은 곧 그의 비인간성에 있는 셈이다. 고로 우리는 신의 품에 뛰어 들어야만 하고, 바로 이러한 비약을 통해 이성이 빚어내는 무수한 환상들로부터 해방되어야 한다는 것이다. 이렇듯 셰스토프에게 있어서 부조리를 받아들이는 일은 부조리 그 자체만큼이나 동시적이다. 부조리를 확인한다는 것, 그것은 곧 부조리를 받아들이는 일이요, 이때 인간 사고의 논리적 노력 일체는 부조리를 폭로함으로써, 부조리가 동반하는 거대한 희망을 그 같은 순간에 솟아오르게 하는 일을 뜻한다. 다시 한 번 말하지만, 이런 태도는 정당하다. 하지만 여기서 나는 단 하나의 문제, 그리고 그 가능한 모든 결과들에 대한 고찰만을 고집하려 한다. 특히 어떤 사유나 신념에 찬 행동에서 엿보이는 비장한 태도까지 검토할 필요는 없을 것 같다. 이 문제는 앞으로도 얼마든지 생각해 볼 기회가 있을 것이다. 더구나 합리주의자들이 셰스토프의 태도를 못마땅하게 여기고 있다는 사실은 나 역시도 잘 알고 있는 바이다. 다만 합리주의자를 반박하는 셰스토프의 주장에 일리가 있다고 생각하는 나로선 셰스토프가 부조리의 계율들을 충실히 따르고 있는지 알고 싶을 따름이다.

그런데 부조리가 희망의 반대임을 인정한다면, 셰스토프의 실존적 사고가 부조리를 전제하고는 있어도, 이는 오직 부조리를 일소하려는 목적에서 부조리를 논증하려했던 것임을 기억해야 할 것이다. 이런 식의 섬세한 사고는 실로 비장한 분위기가 감도는 곡예사의 묘기라 할 만하다. 한편에선 셰스토프 자신도 자신이 말한 부조리를 일상적으로 통용되는 도덕과 이성에 대립시키는가 하면, 때론 진리로, 때론 속죄로 부르고 있으니 말이다. 따라서 그 근본에는, 그리고 부조리에 대한 이런 식의 정의 안에는, 부조리에 대해 셰스토프가 표하는 모종의 동의가 담겨 있다 하겠다. 이런 식의 부조리의 개념이 갖는 일체의 권능이 기본적인 우리의 기대들과는 상충되는 방식으로 존재한다는 점을 인식하게 될 때, 나아가 부조리가 존속되려면 결코 부조리에 동의해서는 안 된다는 부조리의 요청을 실감하게 될 때, 비로소 우리는 부조리가 불가해하지만 동시에 만족을 가져다주는 어떤 영원성 안에 돌입함으로써 그 본모습은 물론이고 인간적이면서도 상대적인 성격마저도 상실하게 되었다는 사실을 제대로 이해할 수 있으리라. 만일 부조리가 존재한다면, 그것은 바로 인간의 세계 내에서이다. 부조리의 개념이 영원성이라는 도약대로 변해버리는 순간, 그 즉시 이 개념은 더 이상 인간적 명철함과는 아무런 관련이 없게 된다. 더 이상 부조리는 인간이 동의하지 않아도 인정되는 자명한 사실이 될 수 없기 때문이다. 교묘하게도 투쟁은 회피되었다. 인간은 부조리를 통합해 버리고, 이러한 영성체적 합일 속에서 대립, 분열, 절연이라는 부조리의 본질적인 성격을 소멸시킨 것이다. 이런 식의 비약은 일종의 회피라 할 만하다. 셰스토프는 '시간이 이음매를 벗어났도다(The time is out of joint)'라는 햄릿의 말을 즐겨 인용했지만, 그것은 이 말에 매우 특별하게 부여하려 했던 어떤 악착같은 희망에서였다. 왜냐하면 실상 햄릿이 토로하고, 셰익스피어가 썼던 내용*은 그 같은 뜻이 아니었기 때문이다. 비합리에 대한 도취와 법열(法悅)에의 소명은 명민한 정신으로 하여금 부조리를 비켜가게 만든다. 셰스토프에게 이성이란 헛된 것, 그러나 이성 너머엔 무언가가 존재한다. 하지만 부조리한 정신에게 이성이란 헛된 것일 뿐 아니라, 이성 너머엔 그 무엇도 존재하지 않는다.

적어도 이런 식의 비약은 우리에게 부조리의 진정한 본질에 관해 좀 더 해명해줄 수 있을 것이다. 우리는 부조리가 어떤 균형 속에서만 가치를 지닌다는 사실, 무엇보다도 부조리란 비교되는 항목들 각각에 존재하는 것이 아니라, 비교 그 자체 내에 존재하는 것이라는 사실을 알고 있다. 그러나 바로 셰스토프는 이러한 항목들 중 어느 하나에만 전적으로 무게를 실음으로써, 균형을 파괴시켜 버린다. 무언가를 이해하려는 우리의 갈망과 절대를 향한 향수는 우리가 많은 것들을 이해할 수 있고 또 설명할 수 있는 그 범위 안에 머무를 때 비로

---

* "시절이 어수선하구나." ─옮긴이 주

소 설명 가능해진다. 그러니 이성을 절대적으로 부정하는 일은 헛된 짓이다. 이성은 나름의 효력을 발휘하는 자신만의 고유한 영역을 지니고 있으니 말이다. 바로 인간적 체험의 영역이 그것이다. 그렇기 때문에 우리는 모든 것을 명백하게 밝혀내기를 원한다. 만일 우리가 그렇게 할 수 없게 된다면, 그래서 그 기회를 틈타 부조리가 태동한다면, 이는 유효하지만 한계가 명백한 이성이 언제든 되살아나는 비합리와 마주치게 된 경우라 하겠다. 그런데 셰스토프가 "태양계의 여러 운동들은 불변의 법칙들에 따라 이루어지며, 이 법칙들이 곧 태양계의 이성이다."와 같은 헤겔식 명제를 마뜩찮게 여겼을 때도, 그리고 스피노자의 합리주의를 분쇄하고자 온통 심혈을 기울였을 때도, 때마다 그가 내놓은 결론이란 모든 이성은 공허하다는 것이었다. 바로 여기서 당연하지만 일견 부당한 어떤 급변을 거치며 비합리가 우위를 점하는 상황이 나타난다.[4] 그러나 이런 식의 이행과정은 자명한 것이 아니다. 왜냐하면 여기에는 한계의 개념과 차원의 개념이 개입될 수 있기 때문이다. 자연의 법칙들은 어느 한계까지는 유효할 수 있지만, 일단 그 한계를 넘어서게 되면, 스스로를 위반함으로써 부조리를 유발한다. 보태자면, 이 법칙들은 설명의 차원에서는 참이 되지 못해도 묘사의 차원에서는 정당화 될 수가 있는 것

---

4 특히 예외라는 개념에 대해, 그리고 아리스토텔레스에 반(反)해서.

이다. 고로 셰스토프식 사유에서 모든 것은 비합리에 희생되고, 명료함이라는 강력한 요구도 적당히 얼버무려지기 때문에, 부조리는 그 비교 상태에 놓인 여러 항들 중 어느 하나와 함께 사라지고 만다. 반면, 부조리의 인간은 이와 같은 평준화의 절차를 따르지 않는다. 그는 투쟁을 받아들이고, 이성을 절대적으로 경멸치 않으며, 비합리를 인정한다. 이렇듯 그는 체험이 남긴 온갖 소여들에 시선을 걸쳐두기에, 진정으로 알아내기 이전에는 비약하려 들지 않는다. 부조리의 인간은 다만 이러한 주의 깊은 의식 속에 더 이상 희망이 들어설 자리가 없다는 것을 알고 있을 뿐이다.

레온 셰스토프에게서 느낄 수 있었던 것을 우리는 어쩌면 키르케고르에게서 훨씬 더 많이 느낄 수 있을 것 같다. 물론 셰스토프 못지않게 아득하기만 한 저자의 저작들에서 명료한 명제들을 파악해내기란 쉬운 일이 아니다. 하지만 겉으로는 상충된 듯 보이는 여러 저작들에도 불구하고, 그리고 숱한 가명들하며 장난기 가득한 유희들과 조소들은 차치하더라도, 마침내 만년의 저작들에서 터져 나오게 될 어떤 진리의 전조(동시에 어떤 두려움) 같은 것이 키르케고르의 전작(全作)에 걸쳐 나타난다는 사실을 감지할 수 있는바, 우리는 키르케고르 그 역시도 비약을 시도하고 있다고 볼 수 있겠다. 유년 시절 그토록 두려워했던 기독교, 그는 바로 이 기독교의 더할 나위 없이 냉혹한 얼굴로 되돌아간다. 그에게서도 역시나 이율배반과 역설은 종교적인 것을 가늠하는 기준들이 되고 있다. 이렇듯 인생의 의미와 깊이에 절망하게 했던 바로 그것이 오히려 그에게 진리와 광명을 가져다주고 있는 것이다. 기독교란 스캔들 바로 그것일진데, 키르케고르가 한결같이 요구했던 것은 이냐시오 데 로욜라Ignace de Loyola에 의해 강력히 요청된 바 있는 제3의 희생, 즉 신이 가장 기뻐하시는 '지성의 희생'[5]이었으니 말이다. '비약'이 초래하는 이 같은 효과가 기이한 것이긴 해도, 우리에겐 더 이상 놀라울 게 없다. 비약은 이 세상에서 겪는 체험의 잔재들에 불과한 부조리를 저 세상에 대한 판단 기준으로 바꾸어 놓는다. 그래서일까 키르케고르는 "신앙인은 자신의 패배에서 승리를 발견한다." 라고 말하고 있다.

이 같은 태도가 어떠한 감동적인 예측과 잇닿아 있는지 굳이 내가 궁금해 할 필요는 없을 것 같다. 다만 내가 문제 삼고자 하는 것은 부조리의 광경과 그 고유한 성격이 이런 식의 태도를 정당화할 수 있느냐는 것뿐이다. 이 점에 관한 한, 그렇지 않다는 것을 난 알고 있다. 다시 한 번 부조리의 내용을 검토해 본다면, 우리는 키르케고르가 이끌렸던 사유방식을

---

5 혹자는 여기서 내가 믿음이라는 본질적인 문제를 간과하고 있다고 생각할지도 모르겠다. 하지만 나는 지금 키르케고르, 혹은 셰스토프, 혹은 뒤에서 살펴보게 될 후설과 같은 인물들의 철학을 고찰하고 있는 것이 아니라(그러려면 또 다른 자리와 또 다른 정신적 태도가 필요하리라), 그들로부터 하나의 테마를 빌려와 그 결론들이 이미 확정된 여러 규칙들에 얼마나 부합될 수 있는지를 검토하고 있을 따름이다. 이때 핵심은 얼마나 고집스럽게 천착해 나아갈 것인가에 있다.

더 잘 이해할 수 있을 것이다. 세계의 비합리와 부조리의 반항적 향수 사이에서, 그는 균형을 잡지 못한다. 엄밀히 말하면, 그는 부조리의 감정을 빚어내는 이 두 항 사이의 관계를 존중하지 않고 있다는 것이다. 비합리를 모면할 수는 없다고 확신하고 있기에, 적어도 그는 불모에 실효도 없어 보이는 저 절망적인 향수로부터 빠져나올 수도 있으리라. 하지만 이 점에 대한 판단에 있어선 그가 옳을지 몰라도, 그가 취했던 부정(否定)의 태도까지 옳다고는 할 수 없다. 자신의 반항의 외침을 열광적인 신봉으로 대체해 버리자, 그는 이제껏 제 자신을 해명해주었던 부조리를 모른 척 외면하고, 그 순간 자신이 간직해야 할 유일한 확실성인 비합리를 신격화하기에 이른다. 중요한 것은 갈리아니Galiani 신부가 데피네d'Epinay 부인에게 말했던 것처럼, 치유되는 것이 아니라, 고난들과 더불어 살아가는 일인데도 말이다. 그런데 키르케고르는 치유되길 원한다. 치유되는 것, 이것이야말로 그의 열광적인 소원, 그의 일기 전편에 걸쳐 절절히 흐르고 있는 소원이다. 그가 경주했던 지성적 노력 일체도 인간 조건의 이율배반으로부터 벗어나는 데 있었다. 이것은 그 자신이 언뜻언뜻 그 헛됨을 깨달았던 만큼, 더욱 더 절망적인 노력이라 할 수 있을 터, 가령 그가 자신에 대해 말하면서 신에 대한 두려움도 경애심도 자신에게 안식을 가져다줄 수는 없었다는 투로 이야기할 때가 그렇다. 이런 식으로 그는 괴롭지만 기만적인 평계를 들어 비합리에 얼굴을 덧씌우고, 그 결과 자신이 믿는 신에게조차 부조리의 여러 속성들, 즉 부당하고, 일관되지 못하고, 불가해한 속성들을 부여한다. 그의 마음속에선 오직 지성만이 자신의 능력을 시험하듯 인간의 마음 깊은 곳에 들끓는 당연한 요구를 억누르고 있을 뿐이다. 아무것도 입증되지 않은 이상, 모든 것은 증명 될 수 있다는 그 당연한 요구를 말이다.

그런데 자신이 걸어왔던 길을 우리 앞에 드러내 보여주는 건 다름 아닌 키르케고르 그 자신이다. 나는 여기서 아무것도 암시하고 싶지 않지만, 그럼에도 그의 작품들에서 부조리에 대한 훼손이 동의되고 있는 가운데 영혼에 대해서도 거의 자발적이라 할 만한 훼손의 징조들이 나타나고 있음을 어찌 읽어내지 않을 수 있단 말인가? 이것이야말로 『일기*Journal*』에서 되풀이 되고 있는 주제라 하겠다. "내게 결여된 것이 있었다면, 그 또한 인간성의 마땅한 일부일 수밖에 없는 동물적 측면일지니… 자 내게도 육체를 다오."라고 말하는가 하면, 좀 더 뒤에 가서는 "오! 무엇보다도 내 풋풋한 청춘이 시작되던 그 때, 아니 단 6개월만이라도, 인간이 되기 위해서라면 난 무엇이든 내주었을 것을… 실상 내게 결여된 것, 그것은 곧 육체요, 실존의 물리적 조건들이다."라고 그는 말한다. 그런데 이 같은 말을 했던 동일 인물이 다른 곳에서는, 부조리의 인간을 제외한 숱한 이들의 마음을 수세기에 걸쳐 고무시켜 왔던 저 위대한 희망의 외침을 마치 오랜 자신의 생각인 양 이렇게 말하고 있는 게 아닌가. "그러나 기독교인에게 죽음은 모든 것의 끝이 결코 아니요, 오히려 건강과 활력으로 넘쳐나는 삶이 우리에게 허락해 주는 것보다도 훨씬 더 많은 희망을 무한히 함축한다."라고 말이다. 스캔들을 통한 화해도 화해라면 화해겠다. 보다시피 어쩌면 이런 식의 화해는 죽음이라는 반대항으로부터 희망을 이끌어내게끔 해줄지도 모른다. 그러나 설령 공감이 이런 태도 쪽으로 기운다 하더라도, 도를 넘어선 태도는 그 무엇도 정당화시킬 수 없다는 점을 말해 두지 않을 수 없다. 혹자는 이것은 이미 인간의 척도를 넘어선 것이기에, 고로 초인적이어야 한다고 말한다. 그러나 이때의 '고로donc'라는 표현은 과하다. 여기에 논리적 확실성이라곤 전혀 없다. 실험적 개연성 역시 조금도 존재하지 않는다. 내가 말할 수 있는 것이라곤 실상 그것이 나의 척도를 넘어서 있다는 것뿐이다. 설령 이로부터 어떤 부정의 결론을 이끌어 내지 못한다 할지라도, 적어도 난 이해할 수 없는 것 위에다는 그 무엇도 세우고 싶지 않다. 나는 내가 알고 있는 것, 그리고 오직 그것만으로도 내가 살 수 있는지 알고 싶을 뿐이다. 혹자는 또 내게, 이쯤에서 지성은 오만함을 포기하고, 이성은 스스로 굽힐 줄 알아야 한다고도 말한다. 하지만 내가 이성의 한계들을 인정한다고 해서, 이성을 부정하는 것은 아닐 터, 왜냐하면 나는 이성의 상대적인 능력을 인정하기 때문이다. 다만 나는 지성이 명철함을 유지할 수 있는 그 중간의 길에 내 자신을 잡아두고 싶을 뿐이다. 이 또한 이성의 오만이라 해도, 나는 이성을 포기할 만큼의 충분한 이유를 알지 못한다. 가령, 절망이란 어떤 사실이 아니라 어떤 상태, 즉 죄의 상태 그 자체라고 말했던 키르케고르의 관점보다 더 심오한 통찰은 없을 것이다. 왜냐하면 죄야말로 신으로부터 멀어지게 하는 것이기 때문이다. 의식을 지닌 인간의 형이상학적 상태인 부조리는 신에게로 인도하지 않는다.[6] 만일 내 감히 부조리란 신 없이도 존재하는 죄라는 이 엄청난 말을 할 수 있다면, 어쩌면 부조리의 개념은 한층 명확해질지도 모르겠다.

이 같은 부조리의 상태, 문제는 그 안에서 살아간다는 데 있다. 나는 이 상태가 무엇에 근거하고 있는지 알고 있다. 서로를 끌어안지 못한 채 서로가 완강히 버티는 이 정신과 이 세계를 바탕으로 세워져 있는 것이다. 나는 이 같은 상태에서의 삶의 규칙이 무엇이어야 할지 물어보지만, 그때마다 사람들이 내 앞에 내놓는 제안들이라곤 그 근거를 무시하거나, 고통스러운 대립의 항들 중 하나를 부정하거나, 내게 포기할 것을 명령할 뿐이다. 나는 내 자신이 나의 것으로 받아들인 조건이 향후 초래하게 될 사태에 관해서도 물어 보지만, 나는 그 조건이 암흑과 무지를 함축하고 있다는 사실을 알고 있을 뿐더러, 또 그때마다 사람들은 바로 그 무지야말로 내게 모든

---

6 나는 "신을 배제한다"고 말하지 않았는데, 그랬다면 이 또한 신의 존재를 긍정하는 일이 될지 모른다.

것을 설명해준다고, 그 밤이 곧 내게 빛이 되어 줄 거라고 확신시켜줄 뿐이다. 하지만 여기 그들은 내 의도엔 답하지 않고, 저 열광적인 서정마저도 내 앞에 놓인 역설을 숨기지 못한다. 그러니 외면하는 수밖에. 키르케고르라면 이렇게 외치며 경고하려 들지 모른다. "만일 인간이 영원한 의식을 갖고 있지 않다면, 만일 모든 사물의 밑바닥에 어두운 정념의 소용돌이 속에 크고 하찮은 온갖 것들을 생산해내는 야생의 격렬한 어떤 힘만이 존재할 뿐이라면, 만일 그 어떤 것으로도 메울 수 없는 바닥없는 공허가 만물 아래에 숨겨져 있을 뿐이라면, 삶이란 절망이 아니면 대체 무엇이겠는가?" 그러나 이런 외침은 부조리의 인간을 멈춰 서게 할 만한 것이 못 된다. 진짜인 그 무엇을 찾는 것은 적당히 바람직한 무언가를 찾아나서는 일이 아니다. 만일 '대체 삶이란 무엇일까?'라는 이 괴로운 질문으로부터 벗어나기 위해 당나귀마냥 환영의 장미꽃들을 뜯어먹으며 살아가야만 한다면, 부조리의 정신은 거짓된 환영을 체념하고 받아들이기보다는, 두려움에 떨지 않고 차라리 '절망'이라는 키르케고르의 대답 쪽을 택하리라. 모든 것을 두루 검토해 본 단호한 영혼이라면, 언제든 이를 감당해낼 것이다.

나는 여기서 이러한 실존적 태도를 감히 철학적 자살로 이름하려 한다. 그렇다고 이것이 어떤 판단을 전제하고 있는 것은 아니다. 그것은 하나의 사유가 스스로를 부정하고, 이러한 자기부정을 만들어 가는 가운데 스스로를 초월하는 어떤 움직임을 가리키기 위한 편리한 한 방편일 뿐이다. 실존적인 사람들에게는 부정(否定)이 곧 신이다. 정확히 하자면, 이 신은 인간 이성에 대한 부정을 통해서만 떠받쳐진다.[7] 그러나 자살의 문제와 마찬가지로 신들도 인간들에 따라 달라진다. 본질은 비약이지만, 비약에도 여러 방법이 있다. 구원을 위한 숱한 부정들, 미처 뛰어넘어 보지도 않은 장애물을 앞질러 부정하는 저 최후의 이율배반들(이것이 바로 본 추론이 겨냥하고 있는 패러독스다)은 이성적 질서만큼이나 어떤 종교적 영감에서도 탄생할 수 있다. 이러한 것들은 언제나 영원한 것을 갈망하며, 또한 오직 그런 의미에서만 비약할 뿐이다.

다시금 말해두지만, 본 시론이 추구하고 있는 추론은 양식 있는 우리의 세기에 가장 널리 퍼져 있는 태도, 즉 모든 게 이성이라는 식의 원칙에 기대어 이 세상을 설명해내려는 정신적 태도를 전적으로 배제하고 있다. 세계가 명료해야만 한다는 점을 받아들일 때, 세계에 대해 명료한 관점을 부여하는 것은 당연하다. 이것은 심지어 정당하기까지 하지만, 그럼에도 우리가 여기서 추구하고 있는 추론과는 관련이 없다. 실상 본 추론의 목적은 세계의 무의미성에 관한 어떤 철학에서 출

---

7 다시 한 번 분명히 해두자. 여기서 문제 삼고 있는 것은 신 존재에 대한 긍정이 아니라, 그곳으로 이끌어가는 논리다.

발하여 마침내 어떤 의미와 깊이를 발견하기에 이르는 정신의 발자취를 해명하는 데 있으니 말이다. 이러한 절차에서 가장 비장한 것은 종교적 본질에 속하는 것으로, 비합리의 테마 속에서 두드러지게 나타난다. 하지만 가장 역설적이고 가장 의미심장한 것이라면 애초에는 주도적 원칙 없이 상상되었던 어떤 세계에 나름의 논리적 이유들을 부여하는 정신의 절차라 하겠다. 여하간 향수로 가득한 인간 정신이 거둬들인 이 새로운 습득에 관해 어떤 해명을 제시하지 않고서는 흥미로운 결론들에 이를 수 없을 것이다.

다만 나는 후설과 여러 현상학자들을 거치며 유행했던 '지향(志向, Intention)'이라는 주제만큼은 검토해 볼까 한다. 이에 관해선 앞서 암시한 바 있다. 원래 후설의 방법은 이성의 고전적 추론방식을 부정한다. 다시 한 번 되짚어 보자. 사유한다는 것, 이것은 통일시키는 것도, 어떤 대원칙의 얼굴 아래로 가상(假想)을 익숙하게 만들어 놓는 것도 아니다. 사유한다는 것, 이것은 바라보는 방식을 다시 배우고, 그 의식의 방향을 설정하고, 각각의 이미지가 특권적인 장소가 되도록 하는 것이다. 달리 말하면, 현상학은 세계를 설명하려들지 않고, 단지 경험된 것에 대한 서술에 그치고자 한다. 이러한 현상학은 단일한 진리라곤 존재하지 않고 오직 복수의 진실들만 있을 뿐이라는 그 원론적인 주장에 있어서 부조리의 사유와 상통한다. 저녁녘 불어오는 바람에서 내 어깨 위에 놓인 저 손길에 이르기까지, 각각은 나름의 진리를 갖는다는 것이다. 이때 진리에 주의를 기울여 그것을 밝게 비추어내는 것이 바로 의식이다. 의식은 그 인식 대상에 형태를 부여하는 것이 아니라, 단지 응시할 뿐이기에 주의를 기울이는 행위요, 베르그손의 비유를 빌자면, 어떤 영상 위로 순식간에 고정되는 영사기를 닮았다. 차이라면, 시나리오는 없고 일관성 없이 연이어 나타나는 삽화만 존재한다는 점이겠다. 이 마술 환등 안에서 모든 영상들은 하나하나가 특권을 갖는다. 의식은 주의력을 발휘해 포착한 대상들을 경험 속에 판단을 보류한 채 놓아둔다. 경이롭게도 의식은 그 대상들을 따로 따로 떼어놓는다. 이렇게 되면 대상들은 모든 판단들의 바깥에 위치하게 된다. 의식을 특징짓는 것이 바로 이러한 '지향'이다. 다만 이 말은 그 어떠한 합목적성의 관념도 함축하지 않고, '방향'이라는 고유한 의미로만 채택되고 있는바, 지형학적인 의미밖에 없다.

이렇듯 언뜻 봐서는 분명 부조리의 정신에 모순되는 점이라곤 아무것도 없는 듯하다. 설명하려 들지 않고 단지 묘사하는 데 그치는 사고의 저 표면적인 겸손, 역설적이기는 하지만 경험을 내면 깊숙이 풍요롭게 하고, 그 장황함 속에서 세계를 다시 태어나게 하는 저 의도적인 규율, 그것이 바로 부조리의 절차들이다. 적어도 언뜻 보기엔 그렇다. 왜냐하면 다른 데서와 마찬가지로 이 경우도, 사유의 여러 방법들은 언제나 두

가지 측면, 즉 심리적인 측면과 형이상학적 측면을 갖고 있기 때문이다.[8] 바로 이런 연유에서 사유방법들은 품 안에 두 가지 진리를 감추고 있는 셈이다. 만일 지향성이라는 테마가 현실을 설명하는 대신 그 바닥까지 철저히 고찰하려는 심리학적 태도만을 예증한다면, 실상 부조리의 정신과 구분되는 점이라곤 아무것도 없을 것이다. 지향성이라는 테마는 스스로 초월할 수 없는 것을 그저 헤아려 볼 뿐이다. 그것은 오직 통일의 모든 원칙이 부재하는 가운데서도 사고만큼은 여전히 각각의 경험의 양상들을 서술하고, 이해하는 데서 기쁨을 찾을 수 있다는 사실을 확인할 뿐이다. 이때 이 경험의 양상들 각각에서 문제되는 진리는 심리학적 차원에 속한다. 하지만 이러한 진리는 현실이 보여줄 수 있는 '흥미로움'만을 입증할 따름이다. 결국 이러한 절차는 졸고 있는 세계를 깨워내, 정신이 이 세계를 생생히 살아 있는 것으로 느끼게끔 하기 위한 한 방편에 그친다. 그러나 우리가 이러한 진리의 개념을 확장시켜 합리적으로 근거 짓고자 한다면, 그리하여 각각의 인식 대상의 '본질'을 발견해 내기로 작정한다면, 이 절차는 경험에 그 본연의 깊이를 회복시켜 놓는 일이 될 것이다. 물론 부조리의 정신의 입장에서 보자면 이해할 수 없는 일이긴

---

8 가장 엄밀한 인식론들마저도 갖가지 형이상학들을 전제하고 있다. 그런데 우리시대 사상가들 대부분이 표명하고 있는 형이상학에는 단 한 가지 인식론 밖에 없다고 할 수 있을 정도다.

하다. 그런데 지향의 태도 안에서 감지되는 것은 바로 이 겸손과 확신을 오가는 규칙적인 흔들림인바, 이러한 현상학적 사유의 번뜩임이야말로 여타의 것들보다도 부조리의 추론을 더욱 훌륭하게 예증해줄 것이다.

왜냐하면 후설도 지향성이 밝혀 주는 '초시간적 본질'을 이야기하고 있고, 또 우리는 그에게서 흡사 플라톤의 이야기를 듣고 있는 듯한 인상을 받기 때문이다. 모든 사물을 단 하나의 사물을 통해서가 아니라 모든 사물들을 통해 설명한다는 점이 그렇다. 나로선 여기에 어떤 차이가 있는지 잘 모르겠다. 물론 저들도 의식이 각각의 서술의 종착점에 이르러 '실현해내는' 그 관념들 혹은 본질들이 완벽한 모델이길 바라는 건 아닐 것이다. 그러나 그 같은 관념들과 본질들이 지각의 모든 소여 안에 직접적으로 현존하는 것이라고 단언하고 있다. 모든 것을 다 설명해 주는 유일한 관념이 더 이상 존재하지 않아도, 무한한 수의 대상들에 모종의 의미를 부여하는 무한한 수의 본질들이 존재한다는 것이다. 세계는 움직임을 멈추는 대신, 명확해진다. 플라톤의 실재론은 직관적인 것이 되지만, 그래도 여전히 실재론으로 남는다. 키르케고르는 자신의 신에게로 빠져들었고, 파르메니데스는 자신의 사유를 유일자에게로 내몰아갔었다. 그런데 이 지점에서 후설의 사유는 일종의 추상적 다신교 속으로 뛰어들고 있는 것이다. 아니, 더한 것도 있다. 가령 환각이나 허구도 역시나 '초시간적 본질'에 속할 테니 말이다. 과연 이러한 관념들의 신세계 속에서는 반인반마인 켄타우로스적 범주가 지하철 승객이라는 훨씬 평범한 범주와도 협력하고 있는 셈이다.

부조리의 인간이 보기에, 세계의 모습들 모두가 하나 같이 특권적이라는 저 순전히 심리학적인 견해 속에는 어떤 진리만큼이나 동시에 어떤 씁쓸함이 담겨 있는 것이었다. 모든 것이 특권적이라는 말은 곧 모든 것이 등가(等價)라는 말로 귀착되는 것이니 말이다. 그러나 이러한 진리의 형이상학적 양상은 후설을 너무나도 멀리까지 이끌고 가버린 나머지, 지극히 단순한 반응에서 후설 자신은 플라톤 쪽에 훨씬 더 가까워졌다고 느낀 것 같다. 실제로도 사람들은 후설에게서 모든 이미지가 어떤 특권적 본질을 동등하게 전제하는 관점이 엿보인다고 가르치고 있다. 이 계급 없는 관념의 세계에선 장군들만으로 정규군이 편성되어 있는 셈이다. 분명 초월성은 그 전에 제거되고 없다. 다만 사고의 어떤 급격한 전환만큼은 일종의 단편적인 내재성을 세계 안에 다시 끌어들임으로써 우주에 그 본연의 깊이를 회복시켜 놓는다.

창안한 당사자들이 훨씬 더 신중을 기해 다루었던 주제를 조금 과하게 밀고 나간다고 해서 내가 어떤 두려움을 느껴야만 하는 걸까? 다만 나는 겉으론 역설적으로 보이지만 앞선 내용을 인정한다면 그 엄밀한 논리를 감지할 수 있는 후설의 다음과 같은 단언들을 훑어볼까 한다. "진실한 것은 그 자체 내에서 절대적으로 진실하다. 다시 말해 진리는 하나이며, 그것을 지각하는 존재가 인간이건, 괴물이건, 천사이건, 혹은 신이건 간에, 진리 자체와 동일하다." 이런 목소리를 거치면서 이성은 승리를 거두고, 승리의 나팔을 불고 있으니, 이를 내가 부인할 수는 없는 노릇이다. 그렇다면 부조리의 세계속에서 그의 단언이 뜻하는 바는 무엇일까? 천사나 신을 알아보는 일 따윈 실로 내게 아무런 의미도 없다. 신적인 이성이 나의 이성을 인준해주는 저 질서정연한 공간이라면 내가 영원토록 이해할 수 없는 것일 테니 말이다. 다만 여기서 다시 한 번, 나는 또 하나의 비약을 간파하게 되는데, 내가 보기엔 이런 비약은 추상 속에서 이루어지다보니 결과적으로는 잊고 싶지 않아도 까먹게 되는 어떤 망각의 속성을 적잖이 보여주는 듯하다. 후설이 좀 더 뒤에 가서 "설령 인력(引力)의 지배를 받는 질량들 모두가 사라진다 해도, 인력의 법칙만큼은 파괴되지 않을 것이며, 단지 적용 가능한 곳이 없는 상태로 계속 남게 될 것이다."라고 외쳤을 때, 나는 그제야 내가 어떤 위안의 형이상학과 마주하고 있다는 사실을 간파했기 때문이다. 내가 만일 사고가 명증의 길목을 벗어나게 되는 바로 그 전환의 지점을 찾아내고 싶다면, 후설이 정신의 문제에 천착하면서 다음과 같이 병행했던 추론을 다시 읽어보기만 하면 될 일이다. "만일 우리가 여러 정신적 절차들의 정확한 법칙들을 분명하게 주시할 수만 있다면, 그것들 역시 이론적인 자연과학분과의 기본법칙들처럼 영원하고 불변하는 것으로 제 모습을 드러낼 것이다. 고로 그 어떤 정신적 절차들이 존재하지 않아도, 그 법칙들은 유효할 것이다." 설령 정신이 존재하지 않아도, 그 법칙만큼은 존재할 것이라니! 나는 이 지점에서 후설이 어떤 심리학적 진리로 모종의 합리적 법칙을 만들어 내려 한다는 사실을 깨닫게 된다. 다시 말해 그는 인간 이성의 통합하는 능력을 부정하고 난 뒤, 이를 핑계 삼아 영원한 이성 속으로 비약해 들어가고 있는 것이다.

그러니 이제 내겐 '구체적 우주'라는 후설의 테마도 놀라울 게 없다. 본질들 모두가 형식적인 것이 아니라, 그 중엔 물질적인 것도 있다는 둥, 전자는 논리학의 대상이요, 후자는 과학의 대상이라며 내게 알려주는 것 등은 이제 한낱 정의(定義)의 문제에 지나지 않는다. 혹자는 추상이 어떤 구체적 보편에서 그 자체로 비항구적인 어느 한 부분만 가리킬 뿐이라고 주장한다. 그러나 이리저리 흔들리는 양상이 이미 드러나게 된 이상, 저 혼란스러운 표현들에 대한 명백한 설명이 가능해진다. 왜냐하면 이는 곧 내가 주목하는 구체적인 대상, 가령 저 하늘하며, 여기 이 외투자락에 어른대는 물의 반사가 오직 그 자체만으로도 이 세계 속에서 나의 관심이 따로 떼어낸 현실로서의 위력을 간직한다는 사실을 의미할 수 있게 되었기 때문이다. 그리고 나는 이 사실을 부정하지 않을 것이다. 다만 마찬가지에서 저 외투 자체는 보편적이어서, 그 고유하고 충족된 본질을 가지며, 형상들의 세계에 속해 있다는 것을 의미할 수도 있을 것이다. 이렇게 된 이상, 나는 단지 행렬의 순서만 달라졌다는 사실을 깨닫게 된다. 이 세계는 이제 더 높은 우주 속에서 자신의 반영을 가질 수 없게 되었지만, 형상의 하늘은 이 땅의 무수한 영상들 속에서 제 모습을 드러내게 되었으니 말이다. 내게 일어난 변화라곤 아무것도 없다. 다만 이 지점에서 내가 다시 만나게 되는 것은 결코 구체적인 것에 대한 애착이나 인간 조건의 의미가 아닌, 구체적인 것 그 자체를 일반화시키려는 지극히 분방한 주지주의(主知主義)라 하겠다.

모욕당한 이성과 의기양양한 이성이 서로 상반된 길을 거치면서도, 결국 사유가 사유 그 자체를 부정하게 하게 되는 저 겉으로 드러나는 역설에 새삼스레 놀랄 필요는 없다. 후설의 추상적인 신에서 키르케고르의 섬광처럼 번뜩이는 신까지의 거리는 그리 먼 것이 아니다. 이성도 비합리도 똑같은 설교에 이르게 한다. 사실상 길은 아무래도 중요치 않고, 모든 것은 도달하려는 의지만으로도 충분하다. 추상적인 철학자와 종교적인 철학자는 똑같은 혼란에서 출발해, 똑같은 고뇌 속에서 서로를 의지하고 있다. 그러나 본질적인 것은 설명해내는 데 있다. 이때 향수는 지식보다 더욱 강력하게 작용한다. 이 시대의 사유가 세계에 관한 무의미의 철학에 가장 깊이 배어든 사유들 중 하나인 동시에 그 결론에 있어서도 가장 분열된 사유들 중 하나라는 사실은 실로 의미심장하다. 우리 시대의 사유는 여러 유형의 이성들로 파편화시키고 마는 현실에 대한 극단적 합리화와 현실을 신격화시키는 극단적 비합리화 사이를 끊임없이 오가며 망설이고 있다. 그러나 이 같은 절연상태는 단지 피상적인 것에 불과하다. 문제는 서로 화해하는 것인데, 이 두 경우에는 서로를 향한 비약이면 가능하다. 흔히들 이성의 개념은 일방통행일 뿐이라고 잘못 생각하고 있다. 하지만 실상 이런 식의 관념은, 그 야심만큼은 강고할지 몰라도, 다른 것들과 마찬가지로 유동적이다. 이성은 온전히 인간의 얼굴을 하고 있어도, 마찬가지로 신을 향해 제 몸을 돌려세울 줄도 알기 때문이다. 그런데 이러한 이성을 영원의 풍토와 화해시킬 수 있었던 최초의 인간 플로티노스 이래로, 이성은 자신의 원리들 중에서도 가장 소중한 원리였던 모순에서 벗어나, 더없이 기이한 원리, 즉 참여라는 지극히 마술적인 원리를 이성 안에 통합시키는 방법을 배우게 되었다.[9] 이성은 사유의 도구일 뿐, 사유 그 자체가 아니다. 한 인

---

9 A-당대에 이성은 적응하든가 아니면 죽어야만했다. 하지만 이성은 적응한다. 플로티노스를 거치며 이성은 논리적인 것을 벗어나 미적인 것으로 변모된다. 은유법이 삼단논법을 대신하게 된 것이다.
B-비단 이것이 플라티노스가 현상학에 기여한 유일한 공헌은 아니다. 이런 식의 태도는 알렉산드리아 사상가에게는 너무나도 소중하게 다루어졌던 특유의 관념, 즉 인간의 관념뿐만이 아니라, 소크라테스의 관념도 존재한다는 생각 속에 이미 포함되어 있는 것이기도 하다.

간의 사유란 무엇보다도 그 자신의 향수다.

그 옛날 플로티노스의 우수를 진정시킬 수 있었듯, 이성은 현대의 불안이 영원이라는 낯익은 무대장치들 안에서 평정을 되찾을 수 있도록 하는 여러 방편들을 제공한다. 그러나 부조리의 정신은 그만한 행운을 얻지 못했다. 부조리의 정신이 보기에, 세계는 그렇게 합리적이지도, 그 정도로 비합리적이지도 않다. 세계는 이성이 결여되어 있고, 단지 그럴 뿐이다. 후설이 말한 이성은 결국 그 어떤 한계도 갖지 않기에 이른다. 반대로, 부조리는 자신의 한계들을 정하고 있는데, 실상 이성은 부조리의 불안을 진정시킬 만한 능력이 없기 때문이다. 한편 키르케고르는 단 하나의 한계만으로도 이성을 부정하기에 충분하다고 단언한다. 그러나 부조리는 그렇게 멀리까지 나가지 않는다. 부조리에서의 한계는 오직 이성이 품고 있는 여러 야심들만을 겨냥하고 있다. 실존주의자들이 구상했던 비합리의 테마란 온통 혼란스러운 상태의 이성, 해서 자기부정을 통해서만 해방에 이르는 이성이다. 반면 부조리, 그것은 제 자신의 한계를 확인하는 명철한 이성이다.

이 지난한 길 끝에 이르러서야 비로소 부조리의 인간은 저만의 진정한 이유들을 알아보게 된다. 자신의 내면 깊은 곳에서 우러나오는 요구와 사람들이 자신에게 제공하는 것을 비교하는 순간, 그는 곧 자신이 그 자리에서 돌아서게 되리라는 것을 직감한다. 후설의 우주에서 세계는 명확해지기에, 인간의 마음에 자리한 저 친숙함에의 욕구는 쓸모없는 것이 된다. 키르케고르의 묵시록적 세계에서 저 명석(明晳)에의 욕망이란, 충족되길 원한다면 포기되어야만 하는 것이다. 죄는 아는 것에 있는 것이 아니라(이 점에서 보자면, 모든 이는 무죄다), 오히려 알기를 욕망하는 데 있다는 것. 이것이야말로 부조리의 인간으로 하여금 자신의 유죄와 동시에 무죄를 느끼게 만드는 단 하나의 죄라 하겠다. 사람들은 그에게 어떤 대단원을 제안하고 있지만, 그것은 지난날의 온갖 모순들이 그저 논쟁을 위한 한낱 유희들에 지나지 않았음을 알려줄 뿐이다. 그러나 부조리의 인간이 모순들을 인지하는 것은 그런 방식을 통해서가 아니다. 오히려 결코 충족되지 않는 이 모순들 특유의 진실을 지켜내는 데 있다. 부조리의 인간은 설교 따윈 원치 않는다.

나의 추론은 본 추론을 각성시켰던 자명함 그 자체에 충실하려 한다. 이 자명함이란 곧 부조리다. 욕망하는 정신과 실망을 안겨 주는 세계 사이의 절연, 통일이라는 나의 향수, 도처에 흩어져 버린 저 우주, 그리고 그것들을 한데 묶어 놓는 모순이 바로 부조리다. 키르케고르가 내게서 향수를 제거했다면, 후설은 이 우주를 다시 끌어 모아 놓고 있다. 하지만 내가 기대했던 것은 이런 것이 아니다. 애초에 문제는 이 분열된 파편들과 더불어 살아가고 사유하는 일, 받아들일 것인가 거부할 것인가를 알아내는 데 있었다. 자명함을 은폐하거나 그 방정식의 항들 중 어느 하나를 부정함으로써 부조리 자체를 제거하는 것 등은 문제가 될 수 없다. 부조리로 삶을 영위할 수 있는 것인지, 혹은 부조리로 인해 죽음을 택할 것을 논리가 명령하고 있는 것인지 알아내야만 한다. 나의 관심은 철학적 자살이 아니라, 자살 그 자체다. 다만 나는 자살이라는 문제에서 감정적인 내용을 걸러내어, 그 논리와 그 솔직한 모습을 알아내고 싶을 따름이다. 부조리의 정신에게 있어서 이외의 다른 모든 입장은 속임수요, 정신이 밝혀낸 것 앞에서 주춤거리는 뒷걸음질이라고 밖에 생각할 수 없다. 후설은 '너무나도 잘 알고 있어 안락해져버린 몇몇 실존적 조건들에 안주하고 사유하려는 고질적인 습관', 바로 그것에서 벗어나려는 욕망에 충실히 따를 것을 말하고 있지만, 그가 말한 최종의 비약이란 우리에게 영원과 그로 인한 안락함을 안겨 주는 일에 불과했다. 비약은 키르케고르가 바랐던 것과 같은 어떤 극단의 위험을 가리키는 것이 아니다. 오히려 위험은 비약 직전 그 미묘한 순간 속에 있다. 현기증 나는 모서리 끝에서 제 몸을 지탱할 줄 아는 것, 그것이야말로 성실(誠實)함이요, 나머지는 다 교묘한 속임수일 뿐이다. 물론 나는 일찍이 인간의 무력함이 키르케고르의 경우에서만큼 감동적인 조화를 고취시킨 적도 없다는 것을 잘 알고 있다. 그러나 인간의 무력함이 역사의 무심한 풍경들 속에 한자리 차지하고 있다 한들, 이제 그 요구하는 바를 속속들이 알게 된 어떤 추론 속을 비집고 들어설 수는 없으리라.

부조리한 자유

이제 주요한 논의는 이뤄졌다. 나는 내 자신과 떼려야 뗄 수 없는 몇 가지 명백한 사실들을 쥐고 있다. 내가 알고 있는 것, 확실한 것, 내가 부정할 수 없는 것, 내가 버릴 수 없는 것, 이야말로 중요한 것들이다. 나는 불확실한 향수들로 살아가는 내 자신의 이런 부분을 온통 부정할 수는 있어도, 통일이라는 저 욕망, 기어이 해결해내려는 저 열망, 명백함과 일관성이라는 저 요구만큼은 결코 부정할 수 없다. 나는 나를 에워싸고 있는 이 세계, 내게 부딪혀오거나 나를 억지로 실어나르는 이 세계 속에 존재하는 모든 것을 반박할 수는 있어도, 오직 저 혼돈, 왕처럼 전지전능한 저 우연, 그리고 무정부 상태로부터 탄생한 저 기막힌 신적 등가성만큼은 반박할 수 없다. 나는 이 세계가 스스로를 초월하는 어떤 의미를 지니고 있는지 없는지 알지 못한다. 다만 나는 그 의미를 내가 알아보지 못할 뿐더러, 지금 당장은 그 의미를 알아보는 일이 내게 불가능하다는 사실만큼은 알고 있다. 나의 조건을 벗어나 있는 의미가 과연 내게 무슨 의미가 있겠는가? 그저 나는 인간의 언어로만 이해할 수 있을 뿐이다. 내가 만지는 것, 내게 저항하는 것, 이것이 바로 내가 이해하고 있는 것들이다. 또한 절대와 통일에 대한 나의 갈망, 그리고 합리적이고 이성적인 원칙으로 이 세계를 환원시킬 수 없다는 불가능성, 이 두 가지 확신을 서로 화해시킬 수 없다는 것도 나는 잘 알고 있다. 그렇다면 거짓을 말하지 않고, 지금 내게 있지도 않을 뿐더러 내 조건의 한계 내에선 아무런 의미도 없는 모종의 희망을 개입시키지 않고, 과연 나는 어떤 또 다른 진리를 인정할 수 있단 말인가?

만일 내가 여느 나무들 사이에 있는 한 그루 나무, 여느 동물들 사이에 있는 한 마리 고양이라면, 이 삶은 어떤 의미를 지닐 수도, 아니 차라리 이런 문제 따윈 아예 의미가 없을지도 모를 일, 왜냐하면 나는 이 세계의 일부이기 때문이다. 그러면 나는 지금 내 모든 의식과 친숙함이라는 나 자신의 전적인 요구로 인해 대립하고 있는 이 세계 자체가 '될 수도' 있으리라. 이토록 가소로운 이성, 바로 이것이 나를 모든 창조물과 대립하게끔 만들어 놓았다. 이런 이성을 내가 펜으로 줄 그어버리듯 부정할 수는 없는 노릇이다. 그러므로 내가 진실이라고 믿고 있는 것, 바로 그것을 나는 견지해야만 한다. 내게 그토록 자명하게 여겨지는 것, 설령 그것이 내 뜻에 반하는 것일지라도, 나는 그것을 떠받쳐야만 한다. 그런데 세계와 나의 정신 사이에서 벌어지는 갈등과 단층의 바탕을 이루고 있는 것이란 세계에 대해 내가 갖는 나의 의식이 아니면 과연 무엇이겠는가? 따라서 만일 내가 이를 견지하고자 한다면, 그것은 언제든 갱신되고, 언제나 긴장을 유지하는 항구적인 의식을 통해서일 터. 이것이야말로 지금 당장 내가 붙들어야 하는 것이리라. 바로 그 순간 그토록 명증하고, 그토록 정복하기 어려운 부조리는 한 사람의 삶 속으로 되돌아가 그의 고향을 되찾는다. 또한 바로 그 순간, 정신은 명철한 노력의 저 삭막하고 메마른 길을 버리고 떠날 수 있다. 이제부터 그 길은 일상의 삶으로 귀착된다. 그 길은 '익명의 사람들'로 표현되는 세계와 다시 만나게 되지만, 이제 그는 자신의 반항과 혜안을 간직한 채 그곳으로 되돌아간다. 그는 그 옛날의 희망하는 법을 잊었다. 현재라는 이 지옥, 이것이 결국 그의 왕국인 셈이다. 온갖 문제들이 다시금 날을 세운다. 추상적 자명성은 갖가지 형태들과 색채들의 서정 앞에서 뒷걸음질 친다. 수많은 정신적 갈등이 구체화되는가 하면, 인간의 마음 속 비참하고도 찬란한 피난처를 다시 찾는다. 아무것도 해결되지 않았다. 그러나 모든 것이 변모되었다. 그렇다면 이제 죽어야 하는 걸까, 비약을 통해 빠져나가야 하는 걸까, 그 규모에 걸맞은 관념들과 형태들로 된 집을 새로 지어야 하는 걸까? 아니면 차라리 부조리의 저 비통하고도 경이로운 내기를 견뎌내야 하는 걸까? 이러한 관점들을 견지하는 가운데, 마지막 노력을 다해 우리가 할 수 있는 모든 결론들을 이끌어내 보기로 하자. 그때 비로소 육체, 애정, 창조, 행동, 인간적 고귀함 등은 이 무분별한 세계 속에서 저마다의 자리를 되찾을 수 있을 터. 인간은 끝내 그곳에서 부조리라는 포도주와 무관심이라는 빵을 되찾아 제 위대함의 양분으로 삼게 되리라.

다시 한 번 방법을 강조해 보자. 그러니까 고집스럽게 나아가는 것, 이게 중요하다. 가던 길 그 어느 지점에서든, 부조리의 인간은 혹하기 때문이다. 역사는 갖가지 종교들, 수많은 예언자들로 가득하고, 심지어 신의 존재가 배제된 경우도 허다하다. 사람들은 부조리의 인간에게 비약할 것을 요구한다. 그러나 그가 대답할 수 있는 것이라곤 잘 이해되지 않는다는 것, 도무지 분명하지 않다는 것뿐이다. 부조리의 인간은 단지 자신이 제대로 이해한 것만을 실천하고 싶을 뿐이다. 사람들은 이를 오만이고 죄라고 단언하지만, 정작 그 자신은 죄라는 개념을 이해하지 못한다. 어쩌면 그 끝에는 지옥이 있을 거라고도 하지만, 그는 그런 기이한 미래를 그려 볼 만큼 상상력이 풍부하지도 않다. 또 그러다간 불멸의 삶을 영영 잃게 된다고도 하지만, 그가 보기엔 죄다 쓸데없는 말 같기만 하다.

어쩌면 사람들은 그가 자신의 유죄를 인정하길 바라는지도 모르겠다. 하지만 그는 자신이 무죄라고 느낀다. 사실을 말하자면, 그는 오직 그것, 어쩔 도리 없는 자신의 무죄만을 느낄 수 있을 뿐이다. 이것이야말로 그에게 모든 것을 가능하게 만들어 주는 토대다. 이렇듯 그가 스스로에게 요구하는 바는 '오로지' 자신이 알고 있는 것만을 가지고 살아가고, 지금 실재하는 것에 만족하며, 확실하지 않다고 판단되는 것은 그 무엇도 개입시키지 않는 것이다. 사람들은 그에게 확실한 것이라곤 아무것도 없다고 대꾸한다. 그러나 적어도 이것 하나만은 확실하다. 그에게 여전히 볼 일이 남아 있다면 그것은 어떤 확실성과 관련되어 있다는 것, 그로서는 구원의 호소 없이도 살아가는 것이 가능한 일인지 알고 싶을 따름이다.

이제 나는 자살의 개념에 접근할 수 있게 되었다. 이 문제에 어떤 해결책을 줄 수 있을지 우리는 이미 감을 잡았다. 그런데 바로 이 지점에서 문제가 뒤바뀐다. 앞에서는 인생이 과연 고생해 살아 볼 만큼 어떤 의미가 있는지 없는지를 아는 것이 문제였다. 하지만 여기서는 그와 반대로 인생에 의미가 없으면 없을수록 더 잘 살아낼 수 있는 것처럼 보인다는 게 문제다. 어떤 경험, 어떤 운명을 산다는 것은 그것들을 전적으로 받아들인다는 것이다. 그런데 운명이 부조리하다는 것을 알면서도, 의식에 의해 밝혀진 이 부조리를 자기 자신 앞에 고스란히 붙잡아 두기 위해 모든 것을 다하지 않는다면, 그 운명을 살아내지 못할 것이다. 부조리의 존재방식인 대립의 여러 항목들 가운데 어느 하나를 부정하는 것은 결국 부조리를 회피하는 것이나 다름없다. 의식의 반항을 폐기한다는 것은 곧 문제 자체를 교묘하게 피해가는 것이니 말이다. 이렇듯 항구적 혁명의 테마는 개인의 경험 차원으로 옮겨진다. 산다는 것, 이는 곧 부조리를 살려 놓는 일이요. 그리고 부조리를 살려 놓는다는 것, 이는 그 무엇보다도 부조리를 주시하는 일을 뜻한다. 에우리디케의 경우와는 정반대로, 부조리는 우리가 외면하게 될 때 죽음을 맞는다. 그러니 숱한 철학적 입장들 중에서도 유일하게 일관된 철학적 입장이라면, 곧 반항이겠다. 반항은 인간과 인간 자신의 어둠과의 끊임없는 대면이다. 반항은 어떤 불가능한 투명에의 요구다. 반항은 매순간 세계를 문제 삼는다. 위험이 인간에게 반항이 무엇인지 이해할 수 있는 둘도 없는 기회를 마련해 주듯, 형이상학적 반항은 경험 전반에 걸쳐 의식을 펼쳐 놓는다. 반항은 인간의 자기 자신에 대한 변함없는 현존을 뜻한다. 반항은 열망이 아닐 뿐더러, 반항엔 희망이 없다. 이러한 반항은 짓누르는 어떤 운명에 대한 확인일 뿐, 그 과정에 동반되게 마련인 체념이 아니다.

바로 여기서 우리는 부조리의 경험이 어떤 점에서 자살과 동떨어진 것인지를 알게 된다. 혹자는 자살이 반항에 뒤따르는 것이라고 생각할지도 모르겠다. 그러나 그건 잘못이다. 왜냐하면 자살은 반항의 논리적 귀착을 보여주는 것이 아니기 때문이다. 자살은 그것이 전제하고 있는 동의라는 의미 때문에라도, 반항과는 정확히 반대를 이룬다. 자살은 비약과 마찬가지로 극한에서의 수용이다. 모든 것은 소진되고, 인간은 인간 본연의 역사 속으로 되돌아간다. 자신의 미래, 자신의 저 유일하고도 끔찍한 미래를 판별해냈기에 그곳으로 뛰어드는 것이다. 자살도 나름대로는 부조리를 해결하고 있다. 자살은 부조리를 그 똑같은 죽음 속으로 끌고 들어가는 것이니 말이다. 그러나 부조리가 유지되려면 결코 부조리가 해소되어선 안 된다는 것을 난 알고 있다. 부조리는 죽음에 대한 의식인 동시에 거부라는 점에서 자살을 벗어나 있다. 부조리란 마지막 사념의 극한에 이른 사형수가 그 모든 상황에도 불구하고 몇 미터 앞, 심지어 현기증 나는 추락의 끝자락에서조차 알아보게 되는 저 한 가닥 구두끈과도 같은 것. 자살자의 반대라면, 정확히 죽음이라는 유죄 판결이 내려진 사형수다.

이러한 반항은 삶에 가치를 부여한다. 한 실존 전체에 걸쳐 있는 이런 반항은 삶에 그 위대함을 회복시켜 놓는다. 눈가리개로 두 눈을 가리지 않는 이에게, 인간의 지성이 제 한계치를 너머서는 현실과 드잡이를 벌이는 것보다 더 멋들어진 광경은 없으리라. 인간의 오만함이 빚어내는 광경이란 그 어디에도 비할 데 없다. 온갖 이유를 대가며 과소평가하려해도 소용없다. 정신이 스스로에게 강요하는 이 규율, 부품들 하나하나가 통째로 단조(鍛造)된 저 의지, 그리고 그 정면대결, 이 모두에는 강력하고도 기이한 그 무엇이 있다. 인간의 위대함은 현실의 비인간적인 면모로 인해 부각되는 법, 그러니 이러한 현실을 초라하게 만드는 것은 곧 인간 자체를 나약한 존재로 만들어 놓는 일에 다름 아니리라. 이제야 나는 내게 모든 것을 설명해주었던 갖가지 학설들이 어째서 그와 동시에 나 자신을 나약하게 만들어 놓았는지 이해하게 된다. 그것들은 내가 떠안은 삶의 짐을 덜어 주지만, 그럼에도 불구하고 그 짐은 나 혼자서 짊어져야만 하는 것이기 때문이다. 다만 바로 이 전환점에서, 회의(懷疑)의 형이상학이 어찌해 포기의 윤리와 결탁할 수 있는 것인지 나로선 도무지 납득되지 않는다.

의식과 반항, 이러한 태도들은 포기의 정반대다. 인간의 마음속에 존재하는 환원 불가능하고 열정으로 가득한 모든 것은 그의 삶과는 반대로 의식과 반항이라는 거부의 태도들을 고무시킨다. 중요한 것은 죽음을 맞더라도 화해하지 않는 데 있지, 죽음을 기꺼이 받아들이는 것이 아니다. 자살은 일종의 몰이해다. 부조리의 인간은 모든 것을 소진시키고, 자기 자신마저 모조리 소진할 따름이다. 부조리란 인간의 가장 극단적인 긴장, 제 자신의 고독한 노력을 통해 끝없이 유지시키는 긴장일 터, 왜냐하면 인간은 매일 매일의 의식과 반항을 통해, 도전이라는 자신의 유일한 진리를 스스로 입증한다는 사실을 알고 있기 때문이다. 이것이 첫 번째 결론이다.

내가 만일 하나의 개념을 발견하고, 그것이 야기하는 모든 결과들을 (게다가 오로지 그 결과들만을) 이끌어내겠다는 사전에 계산된 입장을 견지할 경우, 나는 두 번째 역설에 직면하게 된다. 이 방법을 충실하게 고수하려면, 나는 형이상학적 자유의 문제와는 아무 관련이 없어야 한다. 실상 나는 인간이 자유로운 존재인지 아닌지를 알아내는 일 따위엔 아무런 관심이 없다. 다만 나는 내게 고유한 나의 자유를 경험할 수 있을 뿐이다. 자유에 관한 한 내가 가질 수 있는 것도 일반적 개념들이 아니라, 몇 가지 명백한 통찰들뿐이다. '자유 그 자체'의 문제라면 아무런 의미도 없다. 왜냐하면 이 문제는 완전히 다른 방식으로 신의 문제와 결부되어 있기 때문이다. 실상 인간이 자유로운 존재인지 아닌지 알아보는 문제는 인간에게 주인이 있는지 없는지 알아볼 것을 주문하고 있다. 이 문제에서 나타나는 특이한 부조리라면, 자유의 문제를 가능하게 해주는 개념 자체가, 동시에 이 문제의 모든 의미를 앗아가 버린다는 점이다. 왜냐하면 신 앞에서는 자유의 문제보다 오히려 악의 문제가 더 중대하기 때문이다. 우리는 다음과 같은 양자택일의 경우를 알고 있다. 즉 우리는 자유로운 존재가 아니기에, 고로 전지전능한 신에게 악의 책임이 있다는 것, 혹은 그게 아니라면 우리는 자유롭고 책임 있는 존재이므로, 신은 전지전능하지 않다는 것이 그것이다. 수많은 학파들이 보여준 저 모든 능란함도 이 낯선 역설에는 그 무엇도 보태거나 덜어내지 못했다.

그렇기에 내 개인적인 경험의 차원을 벗어나는 그 즉시 내 자신을 벗어나 의미를 잃고 마는 어떤 개념에 열광한다거나 단순히 정의 내리는 일에 골몰할 수는 없는 노릇이다. 나로선 내 자신보다도 우월한 어떤 존재가 부여하는 자유가 정녕 어떤 것일지 이해 불가능하니 말이다. 나는 위계감각을 상실했다. 자유에 관해 내가 품어볼 수 있는 개념이라곤 죄수라든가 혹은 국가 내에서의 근대적 개인과 같은 개념뿐이다. 내가 아는 유일한 자유라면, 정신과 행동의 자유뿐이다. 그런데 부조리는 영원한 자유에 대한 내 모든 기회들을 말살시키면서도, 반면 내게 행동의 자유를 되돌려주고, 또 고양시킨다. 희망과 미래에 대한 이런 식의 박탈은 오히려 인간의 자발적인 처분 가능성이 증대되었음을 의미한다.

부조리와 마주치기 이전의 일상적인 인간은 숱한 목적들을 품은 채, 미래를 내다보며 혹은 정당화(이 정당화가 누구에 관한 것인지, 혹은 무엇에 관한 것인지는 문제 되지 않는다)에 관심을 기울이며 살아간다. 자신의 운을 가늠하는가 하면, 먼 훗날, 그러니까 자신의 은퇴나 자식들의 연금 혹은 일자리에 기대를 걸어 본다. 그는 여전히 자신의 삶 속 무언가가 일정한 방향으로 나아갈 수 있다고 믿는다. 실제로는 모든 것이 사사건건 이 자유를 반박하는 일을 도맡아 하고 있는

데도, 그 자신은 마치 자유롭기라도 하다는 듯 행동하는 것이다. 그러나 부조리와 마주치고 나면 모든 것이 흔들린다. '나는 존재한다'라는 이 관념도, 모든 것에 다 의미가 있다는 듯 행동해온 나의 태도도(막상 그런 경우가 닥치면, 아무것도 의미 없다고 말하면서도), 그 모든 것이 때가 되면 죽음을 맞이할 수밖에 없다는 부조리함으로 인해 현기증 날 만큼 부인되고 마는 것이다. 다음날을 생각하는 것, 목표를 설정하는 것, 선호를 분명히 하는 것, 이 모든 일들은, 더러 자유를 실감할 수 없다고 확신하게 되는 경우가 있긴 해도, 역시나 자유에 대한 믿음을 전제로 하고 있다. 그러나 부조리와 마주치는 순간, 저 우월한 자유, 어떤 진리를 성립시켜줄 수 있는 유일한 토대인 '존재'의 자유가 실상 존재하지 않는다는 사실을 비로소 확연하게 깨닫게 된다. 바로 그곳에 죽음이 유일한 현실로 존재한다. 죽음이 찾아오고 나면, 게임은 이미 끝난 것이다. 나는 더 이상 내 자신을 영속시켜줄 자유가 박탈된 그야말로 노예, 영원한 혁명을 꿈꿀 희망도, 경멸에 호소할 길도 없는 노예가 되고 만다. 그런데 혁명도 경멸도 않고 과연 그 누가 노예인 상태로 머물 수 있겠는가? 영원이라는 보장도 없이 과연 그 어떤 자유가 존재할 수 있단 말인가?

그러나 이 같은 순간에, 부조리의 인간은 지금까지 자신이 자유롭다는 가정에 얽매인 채 그런 환상에 기대어 살아왔음을 문득 깨닫는다. 어떤 의미에서 보자면, 그 환상은 그를 속박하고 있었던 셈이다. 인생의 어떤 목표를 상상함으로써, 달성해야 할 목표가 강요하는 수많은 요구들에 자신을 끼워 맞춘 나머지, 결국엔 맘껏 누리려 했던 바로 그 자유의 노예가 되고 마는 것이다. 이런 식으로 나는 애초에 되고자 각오했던 대로, 한 가족의 아버지(기술자, 민족의 지도자, 우체국 임시직 직원)로밖에 달리 행동할 수 없게 된다. 그런데도 나는 다른 그 무엇이 되기보다는 차라리 이렇게 되기를 선택할 수 있는 재량이 여전히 내 자신에게 있다고 믿는다. 실상은 그렇다고 무의식적으로 믿고 있을 뿐인데도 말이다. 그러나 동시에 나는 나를 둘러싼 숱한 사람들의 믿음들과 내가 처한 인간적 환경의 편견들로(다른 모든 사람들도 스스로 자유롭다고 그토록 확신하고 있는 걸 보면, 이 기분 좋은 확신이란 전염성 강한 것임에 틀림없다!) 나의 가정(假定)을 떠받친다. 우리는 도덕적이건 사회적이건 할 것 없이 일체의 편견으로부터 제아무리 거리 둔다 해도 일정 부분 그런 편견들의 영향을 받고 있으며, 심지어 그런 편견들(편견에는 좋은 것도 나쁜 것도 있다) 중 가장 나은 것들은 거기에 자신의 삶을 맞춰 살아가기도 하는 것이다. 이렇듯 부조리의 인간은 자신이 실제로는 자유롭지 않았다는 사실을 깨닫게 된다. 좀 더 분명하게 말하자면, 희망을 품고 있는 한, 나름의 어떤 진리, 존재 방식 혹은 창조 방식 등에 깊이 관심을 기울이는 한, 그리하여 마침내 내 삶에 질서를 부여하고, 또 그리하여 내 스스로 내 삶이 어떤 의미가 있다고 인정하고 또 입증하는 한, 나는 내 자신 안에 수많은 장벽들을 쌓아 올려 그 틈바구니에 내 삶을 밀어 넣고는 옥죄고 있는 셈이다. 이제야 잘 알게 된 사실이지만, 나는 그저 거부감만 불러일으킬 뿐 인간의 자유를 짐짓 심각하게 받아들이는 것 말고는 하는 게 없는 저 숱하게 널린 정신과 마음의 관리들과 다를 바 없이 행동해온 것이다.

이 점에 관해 부조리가 내게 명확히 알려주는 바가 있으니, 즉 다음날이란 존재하지 않는다는 것이다. 바로 이 사실이 이제부터 내면 깊숙한 곳에 자리하고 있는 내 자유의 이유가 되어 줄 것이다. 여기서 나는 두 가지 비교를 해볼까 한다. 우선 신비주의자들은 자기 자신에게 부여해야 할 자유를 발견한다. 자신들이 믿고 있는 신에게 깊숙이 침잠하고, 신의 규율에 동의함으로써, 그들 역시 그들 나름대로 자유로워진다. 그들이 온전한 독립을 되찾게 되는 것은 자발적으로 동의한 예속상태 안에서다. 그러나 이런 자유가 대체 무슨 의미가 있단 말인가? 무엇보다도 그들은 스스로 자유롭다고 '느낄' 테지만, 그것은 자유로운 것이기보다는 우선은 해방된 것이라 말해야 할 것이다. 마찬가지로, 오롯이 죽음(본문에서 가장 명백한 부조리로 간주되었던) 쪽을 향해 몸을 돌려세운 부조리의 인간은 자신의 마음속에 결정화된 이 열광적인 관심 이외의 모든 것들로부터 해방된 느낌을 받게 된다. 그는 보편적인 규칙들로부터 어떤 자유를 맛본다. 여기서 우리는 실존 철학의 출발을 이루는 여러 테마들이 그 모든 가치를 그대로 간직하고 있다는 사실을 알 수 있다. 의식으로의 복귀, 일상적인 수면상태로부터의 탈출은 부조리의 자유의 첫걸음들을 이룬다. 다만 실존철학이 겨냥하고 있는 것은 실존적 '설교', 그리고 이와 더불어 그 본질을 떠올려 볼 때, 의식을 회피하는 정신적 비약이다. 마찬가지에서(이것이 나의 두 번째 비교다) 고대의 노예들은 자유롭지 못했다. 그러나 이들도 자유를 맛볼 수는 있었으니, 그건 바로 조금도 책임을 느끼지 않아도 되는 자유였다.[10] 죽음 역시도 때로는 짓누르고 때로는 풀어놔 주기도 하는 고대 로마시대의 특권 세속귀족들과 똑같은 손을 갖고 있는 셈이다.

바닥없는 저 확실성 속으로 깊이 침잠하는 것, 이제부터라도 자신의 삶에서 스스로 충분히 낯설어짐으로써 삶을 확장시키는 것, 그리하여 사랑에 빠진 사람이 흔히 취하게 되는 근시안적인 태도를 버리고 삶을 두루 편력하는 것, 바로 여기에 해방의 원리가 있다. 완전히 새로운 이 같은 독립에는 모든 행동의 자유가 그렇듯 기한이 정해져 있다. 이런 독립은 영원을 담보로 하는 수표를 끊어주는 법이 없다. 하지만 이 독립은 죽음 앞에서 멈춰야만 했던 '자유'가 빚어내는 온갖 환상들을 대체해낸다. 어느 이른 새벽, 감옥문이 열리고 그

---

10 이것은 어떤 사실 비교에 해당될 뿐, 굴욕에 대한 어떤 옹호의 태도가 아니다. 부조리의 인간은 화해한 인간의 반대를 이룬다.

앞으로 끌려나온 사형수가 맛보는 저 기막힌 자유, 삶의 순수한 불꽃 이외의 모든 것 앞에서 내보이는 저 놀라운 무관심, 여기서 우리는 죽음과 부조리야말로 마땅하고도 유일한 자유, 즉 인간의 마음이 경험할 수 있고 또 삶으로 체험할 수 있는 유일한 자유의 두 가지 원리라는 사실을 분명하게 느끼게 된다. 이것이 두 번째 결론이다. 이렇듯 부조리의 인간은 불타오르면서도 얼어붙어 있는, 투명하면서도 한정된 세계, 아무것도 가능하지 않지만 모든 것이 주어지는, 혹여 그곳을 넘어서기라도 한다면 오직 와해와 허무뿐인 그런 세계를 언뜻 목격한다. 그때 비로소 부조리의 인간은 이런 세계 속에서 살아가는 일을 받아들이기로, 그리하여 이 세계로부터 힘을, 희망의 거부를, 그리고 위안 없는 일생의 고집스러운 증언을 이끌어내기로 결심할 수 있게 된다.

그러나 이 같은 세계에서 영위되는 삶이란 과연 무엇을 의미하는 걸까? 당장은 미래에 대한 무관심과 주어진 것 모두를 소진시키는 열정 이외엔 아무것도 아니다. 삶에 의미가 있다는 믿음은 항상 어떤 가치에 대한 척도, 어떤 선택, 우리의 선호를 전제로 한다. 그러나 우리가 내린 여러 정의들에 비추어 보건대 부조리에 대한 믿음은 그 정반대의 것을 가르쳐준다. 이 지점에서 우리는 잠시 멈춰 볼 필요가 있겠다.

우리가 구원을 호소하지 않고도 살아갈 수 있는 것인지 알아보는 일, 이것이 내 관심의 전부다. 내겐 이 터전을 벗어나고픈 맘이 조금도 없다. 하지만 이러한 삶의 형국이 내게 주어진 마당에, 과연 나는 순순히 응할 수 있을까? 그런데 이 우려라는 특유의 감정을 마주하면서, 부조리에 대한 믿음이란 결국엔 수많은 삶의 경험들의 질을 양으로 바꾸어 놓는 것이란 사실을 깨닫게 된다. 만일 내가 이러한 삶 속에 부조리 말고 다른 모습이라곤 없다는 점을 확신한다면, 그리고 모든 삶의 균형이 나의 의식적인 반항과 그 반항이 사투를 벌이는 저 어둠 사이의 영속적인 대립에 달려 있다는 사실을 깨닫는다면, 나아가 나의 자유가 그 한정된 운명과의 관계에 의해서만 의미를 가질 수 있다는 사실을 인정한다면, 중요한 건 가장 잘 사는 것이 아니라, 가장 많이 살아내는 일이라고 말해야 할 것이다. 그게 저속한 것인지 혹은 역겨운 것인지, 우아한 것인지 혹은 유감스러운 것인지 굳이 내 자신에게 되물어볼 필요 없다. 여기선 최종적으로 가치 판단은 폐기되고, 사실 판단만 남는다. 나는 그저 내가 볼 수 있는 것으로부터 결론들을 도출해낼 뿐, 가정이 될 수 있는 그 어떤 것도 함부로 내세워서는 안 된다. 이렇게 사는 건 성실하지 않은 것이라고 가정하게 되는 그 순간, 진정한 성실함은 내게 불성실을 요구해 올지도 모른다.

가장 많이 산다는 것, 넓은 의미에서 보면 이런 삶의 규칙은 아무런 의미도 없다. 그러니 이 규칙을 분명하게 해둘 필요가 있겠다. 우선 사람들은 이 양적 개념을 충분히 파헤쳐

보지 않은 것 같다. 이런 말을 하는 이유는 이 개념을 통해 인간 경험의 상당 부분을 설명해낼 수 있기 때문이다. 실상 한 인간의 정신과 그가 지니고 있는 가치들에 대한 척도란 이미 주어져서 그 자신이 축적할 수 있었던 숱한 경험들의 양과 그 다양성을 거쳤을 때에야 비로소 의미를 갖는다. 그런데 현대의 삶의 여러 제반조건들은 대다수의 사람들에게 똑같은 양적 경험, 그러니까 똑같은 깊이의 경험을 강요하고 있다. 물론 개인의 자발적 지참물, 즉 개개인에게 '주어진' 것들도 잘 고려해 보아야 할 것이다. 그러나 나는 이를 판단할 수 없을 뿐더러, 다시 한 번 말해두지만, 여기서의 나의 규칙이라면 역시나 직접적으로 드러난 자명함에만 만족하는 데 있다. 그럴 때 비로소 나는 어떤 공통된 도덕의 고유한 특성이라는 것이 그 특성에 생명력을 불어넣는 숱한 원칙들의 관념적 중요성보다는 오히려 측정 가능한 어떤 경험의 표준 속에 있음을 알 수 있을 테니 말이다. 다소 무리가 있는 설명일지 모르겠으나, 우리가 여덟 시간 일과에 대한 도덕관념을 가지고 있는 것과 마찬가지로 그리스 사람들도 그들 나름대로의 여가에 대한 도덕관념을 갖고 있었다고 말해 볼 수 있다. 그러나 보다 오랜 시간의 경험이 이 가치들의 도표를 뒤바꾸어 놓는다는 사실은 이미 많은 사람들, 그것도 가장 비극적인 사람들이 우리에게 어렴풋하게나마 알려준바 있다. 그들은 단순히 경험들의 양으로 온갖 기록들을 경신함으로써(일부러 스포츠 용어를 써보자면), 고유한 정신을 거머쥐게 되는 일상의 모험가를 상상할 수 있게 해준다.[11] 하지만 이런 식의 낭만적인 생각에서 조금 떨어져 나와, 자신의 내기를 받아들이고, 이 내기의 규칙이라고 믿고 있는 것을 온전히 준수하기로 결심한 어떤 사람에게, 이러한 태도가 과연 무엇을 의미하는지에 관해 생각해보기로 하자.

모든 기록들을 깬다는 것, 그것은 무엇보다도 먼저 그리고 오직, 가능한 한 자주 세계와 대면한다는 것을 뜻한다. 그런데 모순되는 구석 없이, 그리고 말장난이 아니고서야, 어떻게 이런 일이 가능할 수 있을까? 왜냐하면 부조리는 한편으론 모든 경험들에 차이가 없음을 가르치면서도, 다른 한편으론 우리를 가장 많은 양적 경험 쪽으로 몰아붙이기 때문이다. 사정이 이러한데 내가 어떻게 이상에서 언급한 저 많은 사람들처럼 행동하지 않을 수 있고, 이러한 인간적 소재를 우리에게 가능한 많이 가져다주는 삶의 형태를 택하지 않을 수 있으며, 그런 이유에서 한편으로는 포기하겠다고 했던 모종의 가치 척도를 도입하지 않을 수 있겠는가?

그러나 우리에게 가르침을 주는 건 또다시 부조리요, 그 모

---

11 때로는 양이 질을 만들어내기도 한다. 과학 이론에 근거한 최근의 학설들에 따르자면, 모든 물질은 에너지의 핵들로 구성되어 있다고 한다. 이 에너지 핵의 많고 적음이라는 양의 문제가 특이함의 정도가 다른 특성을 만들어낸다는 것이다. 십억 개의 이온과 한 개의 이온은 양에 있어서 다를 뿐만 아니라 질에 있어서도 다르다. 이런 식의 유추는 인간의 경험 속에서도 어렵지 않게 찾아볼 수 있는 것이기도 하다.

순된 삶이다. 왜냐하면 오류는 이 경험의 양이라는 것이 오직 우리 자신에게 달려 있는 것인데도 우리의 삶의 여러 상황들에 달려 있다고 생각하는 데서 발생하기 때문이다. 이 지점에서는 지나치다 싶을 정도로 단순하게 생각해볼 필요가 있다. 같은 햇수를 살아가는 두 사람에게 세상은 언제나 똑같은 양적 경험을 제공한다. 다만 이것들을 의식하는 것은 우리 몫이다. 자신의 삶, 자신의 반항, 그리고 자신의 자유를 느끼는 것, 그것도 최대한으로 많이 느끼는 것, 이것이야말로 사는 것, 그것도 최대한 많이 사는 것이라 하겠다. 명증함이 군림하는 곳에서, 숱한 가치들의 척도는 쓸모없어진다. 좀 더 간명하게 생각해 보자. 저 유일한 걸림돌, 유독 '굳이 손해 보지 않아도 되는 저 손실'은 너무 일찍 찾아온 죽음으로 인해 이루어진다고도 말할 수 있다. 여기서 전제되고 있는 세계는 죽음이라는 저 변함없는 예외와의 대립을 통해서만 존속된다. 그렇기에 어떤 깊이, 어떤 감동, 어떤 열정 그리고 그 어떠한 희생도 부조리의 인간의 눈에(설령 그 자신이 바랐다하더라도) 40년 동안의 의식적인 삶과 60년에 걸쳐 전개된 명증함을 동등한 것으로 보이게 할 수는 없을 것이다.[12] 광기와 죽음, 이것들은

---

12 허무의 개념처럼 지극히 다른 개념에 대해서도 동일한 고찰을 해볼 수 있다. 개념은 현실에 대해 그 무엇도 덧붙이거나 재단하지 않는다. 허무에 관한 심리학적 경험에 있어서 우리 자신의 허무가 진정으로 그 의미를 갖게 되는 것은 2천 년 후에나 일어날 일을 고려하게 될 때다. 어떤 면에서 보자면 허무는 정확히 우리 자신의 삶과는 무관하게 도래할 수많은 삶의 총화로 이루어져 있다.

부조리의 인간에게는 돌이킬 수 없는 그 무엇이다. 인간에겐 선택권이 없다. 고로 부조리와 부조리 안에서 덤으로 부가된 삶이란 '인간의 의지에 달린 것이 아니라', 그 반대인 죽음에 달려 있는셈이다.[13] 가만히 이 말들을 헤아려 보면, 이건 오로지 운의 문제다. 바로 여기에 동의할 수 있어야 한다. 20년의 삶과 경험들, 이것은 결코 그 무엇으로도 대체될 수 없는 것이므로.

그토록 개화된 민족에게 대체 어떤 기이한 모순이 있어서였는지는 몰라도, 고대 그리스인들은 젊은 나이에 죽은 사람들이 부디 신들의 사랑을 받아 그렇게 된 것이길 바랐다고 한다. 그런데 이런 생각은, 저 가소로운 신들의 세계로 들어가는 것이 수많은 기쁨들 중에서도 느낀다는 것, 바로 이 땅 위에 살며 무언가를 느낀다는 더없이 순수한 기쁨을 영영 잃고 마는 일이라는 사실이 수긍될 때에야 옳다고 할 수 있을 것이다. 단속됨 없이 깨어 있는 의식으로 살아가는 한 영혼 앞에 놓인 현재, 그리고 그러한 현재들의 연속, 이것이야말로 부조리의 인간이 품고 있는 이상(理想)이다. 그러나 이때의 이상이라는 말 안에는 어떤 거짓된 불협음이 담겨 있다. 이것은 부조리의 인간의 사명이랄 수도 없는 것으로, 다만 그의 추론의

---

13 여기서 의지는 일개 행위자에 불과하다. 즉 의지는 의식을 계속해서 유지하려 한다는 것이다. 그래도 의지가 삶의 규율을 제공하고 있다는 사실, 이것만큼은 평가할 만하다.

세 번째 결론을 이룬다. 비인간적인 것에 대한 고통스러운 의식에서 출발했던 부조리에 대한 성찰은 그 노정의 끝에 이르면 인간적 반항의 열정적인 불꽃 속으로 귀착된다.[14]

이상의 내용이 내가 부조리에서 나의 반항, 나의 자유, 나의 열정이라는 세 가지 결론을 이끌어내는 방식이다. 오직 의식의 작용을 통해 죽음으로의 초대였던 것을 삶의 법칙으로 바꾸어 놓았기에, 그래서 나는 자살을 거부한다. 분명하게도, 나는 하루하루가 흘러감에 따라 퍼져나가는 저 둔탁한 울림의 정체를 알고 있다. 그러나 내가 해야 할 말은 단 하나, 이 울림이야말로 반드시 필요하다는 것이다. "하늘에서 그리고 이 땅에서 중요한 일이라면 기나긴 시간 같은 방향으로 '복종'하는 것이라는 게 분명해진다. 그 끝에 이르러 가령 미덕, 예술, 음악, 춤, 이성, 정신처럼, 기꺼이 이 땅 위에서 살 만한 가치가 느끼게 해주는 그 무엇, 변모하게 하는 그 무엇, 세련되고 열광적인 혹은 신적인 그 무엇이 그 결과로써 태동하게 된다." 이와 같은 니체의 말은 보폭 큰 어떤 위대한 도덕론의 법칙을 예시하고 있다. 그러나 그는 부조리의 인간이 따르게

---

14 중요한 것은 일관성이다. 여기서 우리는 세계에 대한 동의에서 출발한다. 그러나 동양의 사상은 우리가 세계에 '반(反)하는' 선택을 하면서도 동일한 논리적 노력에 전념할 수 있다는 점을 가르쳐준다. 이것 역시나 정당한 것으로, 본 시론에 전망과 한계들을 부여한다. 그러나 세계에 대한 부정이 그 동일한 엄격함에서 실천될 때, 흔히 우리는 (몇몇 베다 철학의 학파들에서처럼) 가령 작품들에서 나타나는 무관심과 같은 것에서 유사한 결과들에 이르게 되는 경우가 있다. 장 그르니에Jean Grenier는 매우 중요한 저서인 『선택Le choix』에서 이런 방식으로 진정한 '무관심의 철학'을 정초하고 있다.

될 길도 또한 제시하고 있다. 불꽃에 복종한다는 것, 그것은 가장 쉬운 일인 동시에 더없이 어려운 일이기도 하다. 하지만 때론 인간이 어려움과 겨루어봄으로써 제 자신을 가늠해본다는 것은 유익한 일이 아닐 수 없다. 인간이야말로 그 일을 해낼 수 있는 유일한 존재일 테니 말이다.

알랭은 "기도(祈禱)란 사념 위로 밤이 찾아들 때 하게 되는 것."이라고 말한다. 그러나 신비주의자들과 실존주의자들은 "정신은 밤을 마주해야 한다."라며 응수한다. 물론이다, 하지만 두 눈을 감아 버리면 으레 나타나는 밤, 그렇게 인간의 의지만으로 태어나는 밤, 정신이 불러내는 어두컴컴하고 유폐되어 있는, 해서 기어이 소멸되고 마는 그런 밤이어선 안 된다. 만일 밤과 마주해야만 한다면, 차라리 명증함을 유지한 채 맞이하는 절망의 밤, 극지방의 밤, 정신의 각성상태, 어쩌면 지성의 빛 안에서 대상 하나하나의 윤곽을 드러내줄, 새하얗고 때 묻지 않은 광명이 떠오르는 그런 밤이어야 하리라. 이때 등가성은 열정적 이해(理解)와 만나게 된다. 그렇게 되면 실존적 비약을 판단하는 일 따윈 더 이상 문제 되지 않는다. 비약은 오랜 세기 걸쳐 인간이 취해온 저 숱한 태도들이 그려진 벽화 속 제자리로 되돌아가게 되리라. 그런데 관람객 입장에서 보자면, 또 그가 의식하기라도 한다면, 이 비약은 또다시 부조리해진다. 비약이 이런 역설을 해소할 수 있다는 믿음을 고수하는 한, 비약은 역설을 고스란히 되살려놓는 셈이니 말이다. 하지만 바로 이러한 지위로 인해, 비약은 감동적이다. 바로 이러한 지위로 인해, 모든 것은 제자리를 되찾고, 부조리의 세계는 그 찬란함과 다양함 속에서 다시 태어난다.

그러나 중도에 멈춰서는 건 적절치 못할 뿐더러, 단 한 가지 관찰 방법에만 만족한다거나 어쩌면 모든 정신적 양상들 가운데서도 가장 미묘한 것이라 할 수 있는 모순으로부터 벗어난다는 것은 어려운 일이기도 하다. 지금까지의 서술은 단지 모종의 사유 방식을 정의해 본 것에 불과하다. 이제부터는 실로 살아가는 일이 문제다.

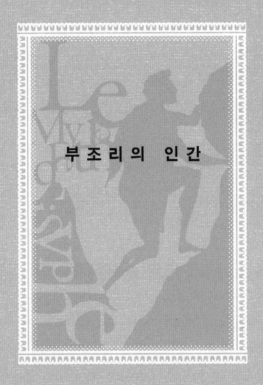

부조리의 인간

스타브로긴은 믿어도, 자신이 믿는다는 것을 믿지 않는다.
그는 믿지 않아도, 자신이 믿지 않는다는 것을 믿지 않는다.
—『악령 *Les Possédés*』

"나의 영역은 시간이다."라고 괴테는 말했다. 이야말로 부조리한 발언이다. 부조리의 인간이란 실제로 어떤 인간일까? 영원한 것을 부정하지 않으면서도, 그것을 위해서는 아무것도 하지 않는 자. 영원에 대한 향수가 그에게 낯선 그 무엇이어서가 아니다. 다만 그는 자신이 가진 용기와 이성적 추론을 선호할 뿐이다. 전자는 그에게 구원에 호소하지 않고 사는 법과 자신이 가지고 있는 것에 자족하는 법을 가르쳐주며, 후자는 그에게 제 자신의 한계들을 깨우쳐준다. 기한이 매겨진 자유, 미래 없는 반항, 그리고 결국 소멸하게 될 의식을 확신하기에, 그는 자신이 살아가는 시간 속에서 모험을 추구한다. 그곳에 그의 영역이 있고, 바로 그곳에 자신의 판단을 제외한 일체의 판단에 내맡기지 않는 그 자신만의 행동이 있다. 이런 그에게, 더 크고 위대한 삶이란 저 세상에서의 다른 어떤 삶을 의미할 수 없다. 혹시라도 그렇게 된다면 그야말로 염치없는 일이 아닐 수 없으리라. 심지어 여기서 나는 소위 '후세(後世)'라는 저 가소로운 영원을 말하고 있는 게 아니다. 가령 롤랑 부인의 경우, 자신에 대한 판단을 후세에 내맡긴 바 있다. 그러나 이런 식의 경솔한 언행은 그에 상응하는 처분을 받게 되었다. 후세 사람들은 그녀의 말을 곧잘 인용하긴 해도, 그녀를 판단하는 일은 까맣게 잊어 버렸으니 말이다. 실상 후세 입장에서는 롤랑 부인이야 어떻게 되든 제 알 바 아닌 것이다.

　　　　도덕에 관해 장황하게 늘어놓자는 것이 아니다. 나는 더 많은 도덕성을 가지고도 나쁘게 행동하는 사람들을 본 적 있을 뿐더러, 성실함이란 별도의 규칙들을 필요로 하지 않는다는 것도 매일같이 확인하고 있다. 부조리의 인간이 인정할 수 있는 도덕이라면 단 하나밖에 없으니, 신과 제 자신을 분리시키지 않는 도덕, 즉 스스로 부과하는 도덕이 그것이다. 그러나 부조리의 인간은 신의 바깥을 살아간다. 여타 다른 도덕들(난 여기에 배덕주의도 포함시키고자 한다)에서 부조리의 인간은 숱한 정당화들만을 확인할 뿐이지만, 정작 그 자신은 정당화할 것이 아무것도 없다. 여기서 나는 부조리의 인간이 지닌 이 무죄라는 원칙을 출발점으로 삼고자 한다.

이때의 무죄란 가공할 만한 것이다. "무슨 짓이든 다 용인된다."라고 이반 카라마조프는 외친바 있다. 이 말 역시도 나름의 부조리가 느껴진다. 다만 통속적인 의미로 해석하지 않는다는 조건에서 그렇다. 사람들이 그 말뜻을 제대로 지적했는지는 잘 모르겠지만, 중요한 건 그것이 해방과 기쁨에서 우러나온 외침이라기보다는 쓸쓸한 확인이었다는 점이다. 매력이라는 측면에서 보아도, 삶에 의미를 부여해줄 어떤 신에 대한 확신이 악행을 저지르고도 처벌받지 않을 권능보다는 훨씬 더 나은 축에 속한다. 그러니 선택 자체는 그리 어렵지 않을 것이다. 그러나 선택의 여지는 없고, 그 순간 쓰라린 고통이 시작된다. 부조리는 해방시켜주지 않고, 결박한다. 부조리가 모든 행위들을 허용하진 않는다. 무슨 짓이든 다 용인된다는 것이 아무것도 금지되지 않았다는 뜻은 아니니 말이다. 그저 부조리는 행위들에서 비롯된 결과들에 동등한 가치를 부여할 뿐이다. 그렇다고 부조리가 범죄를 권하는 것은 아닌데, 만일 그렇다면 졸렬한 일이 될 터, 다만 부조리는 후회라는 감정에 그 본연의 무용성을 회복시켜 놓는다. 마찬가지로 모든 경험들이 서로 차이가 없다면, 의무의 경험도 다른 어떤 경험만큼이나 정당할 것이다. 우리도 기분에 따라선 고결해지기도 하니 말이다.

　　　　모든 도덕은 어떤 행위에 뒤따르는 결과들이 그 행위를 정당화시켜 주거나 마멸시켜 버린다는 관념에 근거하고 있다. 다만 부조리의 정신이 깊이 스며든 자라면 이 같은 결과들에 이르는 연쇄과정이 차분하게 고찰되어야 한다고 판단할 것이다. 그는 대가를 치를 준비가 되어 있다. 달리 말하자면, 그가 보기엔 책임질 사람들이 있을 수는 있어도, 죄인들은 있을 수 없다는 것이다. 기껏해야 그가 동의할 수 있는 것이라곤 미래의 행위들에 근거를 대기 위해 과거의 경험을 이용할 수 있다는 정도에 불과하다. 그러면 시간은 또 다른 시간을 살게 하고, 삶은 또 다른 삶에 이바지할 수 있을 테니 말이다. 그런데 그가 보기엔, 한정되어 있으면서도 동시에 가능성으로 가득 차 있는 이 영역 안에서, 명증함을 제외한 내면의 모든 것은 예측 불가능하기만 하다. 그렇다면 이렇듯 합리성이 결여된 차원에서 과연 어떤 규칙이 생겨날 수 있을까? 그에게 가르침이 되어 줄 만한 유일한 진리라면 결코 형식적이지 않은 진리, 인간들 안에서 생생하게 살아 움직이며 전개되는 진리뿐. 고로 부조리의 정신이 자신의 추론의 끝에 이르러 찾아낼 수 있는 것은 결코 윤리적인 규칙들이 아니라, 인간 개개인이 보여주는 구체적인 삶의 예증들과 그 숨결이라 하겠다. 앞으로 뒤따라 나올 몇몇 이미지들이 여기에 해당한다. 이 이미지들은 부조리의 인간이 취해야 할 태도를 일러주고 그 특유의 열기를 부여하면서 부조리의 추론을 추동해 나갈 것이다.

어떤 예가 반드시 추종되어야 할 예도 아니고(부조리의 세계에서 일어나는 것이라면 더더욱), 그렇다고 그 예증들이 꼭 모범이 되지도 않는다는 생각을 굳이 여기에다 풀어 설명할 필요가 있을까? 루소에게서 짐승처럼 네 발로 걸어 다녀야 한다는 결론을 도출하거나, 니체에게서 어머니에게 폭력을 휘두르는 일이 온당하다는 결론을 이끌어내는 데는 대단한 소명의식이 요구될 뿐만 아니라, 모든 걸 고려했을 때, 우선은 우스꽝스러운 일이 될 것이다. 우리 시대의 어느 작가는 "부조리해져야만 한다. 쉽사리 속아선 안 될 일이다."라고 쓰고 있다. 앞으로 문제 삼게 될 태도들은 그 반대되는 태도들을 고려할 때에야 비로소 온전한 의미를 갖게 될 것이다. 만일 우체국 임시직 직원과 정복자에게 서로 공통된 의식이 있다면, 이 둘은 동등한 가치를 지닐 것이다. 이러한 점에서 보자면 모든 경험들에는 차이가 없다. 물론 그 중에는 인간에게 기여하는 것도, 해를 주는 것도 있다. 인간이 의식적이라면, 경험은 인간에 기여하는 바가 있을 것이다. 그렇지 않다면, 경험 따윈 하등 중요하지 않다. 한 인간이 겪는 숱한 패배들은 그 정황들을 심판하는 것이 아니라, 패배한 그를 심판하고 있는 것이다.

나는 오로지 자기 자신의 완전한 소진을 목표로 하는

사람들, 혹은 내 의식에 그들 나름대로 스스로를 소진하고 있다고 판단되는 사람들만을 택하려 한다. 더는 나아가지 않을 것이다. 지금으로선 삶 자체는 물론이고 사유에 있어서도 미래를 빼앗겨 버린 어떤 세계에 관해서만 이야기하고 싶을 뿐이다. 인간으로 하여금 애써 일하게 하고 분주하게 움직이게 하는 모든 것은 희망을 볼모로 이용하고 있다. 고로 거짓됨이 없는 유일한 사유라면 불모(不毛)의 사유뿐. 부조리의 세계에서 어떤 개념이나 어떤 삶의 가치는 그 불모성에서 측정된다.

돈 후안주의

사랑하는 것만으로 충분하다면, 만사는 너무나도 단순할 것이다. 사랑하면 사랑할수록 부조리는 더욱 더 견고해진다. 돈 후안이 이 여인 저 여인을 전전하는 것은 결코 애정결핍 때문이 아니다. 그렇다고 그를 마치 완전한 사랑을 추구하는 환상가로 묘사하는 것은 우스꽝스러운 일이 아닐 수 없다. 다만 그가 이 천부적인 재능을 반복해 가며 자꾸만 깊이를 더해 갈 수밖에 없는 까닭은 똑같은 열정으로, 그것도 매번 자신의 모든 것을 다 바쳐 그녀들을 사랑하기 때문이다. 해서 그녀들은 아무도 그에게 가져다준 적 없는 것을 저마다 그에게 가져다주고 싶어 한다. 그럴 때마다 그녀들은 깊은 착각에 빠져들고, 그는 이전과 같은 반복의 욕구를 느낄 뿐이다. 그녀들 가운데 한 여인이 "드디어 제가 당신께 사랑을 바치게 되었군요."하고 외친다. 돈 후안이 이 여인의 말을 비웃으며 "드디어 라고 했소? 천만에, 또 한 번이겠지."라고 답한들 그리 놀라운 일이 될 수 있을까. 어째서 드물게 사랑해야만 많이 사랑하는 것이란 말인가?

돈 후안은 슬픈 걸까? 그런 것 같진 않다. 나는 연대기적 요소에는 거의 도움을 청하지 않으려 한다. 그 웃음, 의기양양한 오만함, 저 약동하는 힘과 연극의 취향, 이런 것들은 밝고 유쾌하다. 모든 건강한 존재는 한꺼번에 여러 일을 하려드는 법. 돈 후안의 경우도 마찬가지다. 한 번 더 그러나, 슬픈 자들에겐 그렇게 되는 두 가지 이유가 있는데, 모르고 있거나 혹은 희망하고 있기 때문이다. 반면 돈 후안은 알고 있고, 또 희망하지 않는다. 그는 자신의 한계를 알기에 결코 그 한계들을 넘는 법이 없는 예술가들, 그래서 자신의 정신이 자리하고 있는 이 덧없고 한정된 시공간 속에서도 놀라우리만치 여유로운 대가의 풍모를 완연하게 펼쳐 보이는 예술가들의 모습을 떠올리게 한다. 이것이야말로 천재, 즉 자신을 에워싼 경계들을 알아보는 지성이다. 육체적 죽음이라는 경계에 이르기까지, 돈 후안은 슬픔을 모른다. 그가 앎을 얻게 되는 바로 그 순간, 그의 웃음은 터져 나오고, 모든 것을 용서하게 한다. 희망하던 시절, 그는 슬펐다. 그러나 오늘의 그는 저 여인의 입술에서 유일한 지혜, 그 씁쓸하지만 위안이 되어주는 맛을 되찾은 것이다. 그런데 하필이면 왜 씁쓸함일까? 겨우 느껴질까 싶을 만큼이지만, 필연적일 수밖에 없는 이 불완전함이야말로 정녕 행복을 실감나게 해주는 것 아니던가!

돈 후안에게서 전도서에 지대한 영향을 받은 어떤 인간상을 발견하려든다면 크나큰 기만이 아닐 수 없다. 왜냐하면 그에겐 내세의 삶에 대한 희망만 아니면, 그 무엇도 헛되지 않기 때문이다. 그는 하늘에 맞서 자신의 내세를 내걸어봄으로써 이 같은 사실을 입증한다. 향락에 빠진 나머지 잃어 버렸던 욕망에 대한 회한이랄지, 그로 인한 상투적인 무력감 따윈 그의 것이 아니다. 자신을 악마에게 팔아먹을 정도로 신을 믿었던 파우스트에게나 어울리는 법한 것이니 말이다. 돈 후안의 경우, 사태는 훨씬 더 단순하다. 몰리나Molina의 '방탕아Burlador'는 지옥의 위협이 닥칠 때마다, "유예기간만 길게 준다면야!"라고 한결같이 답한다. 죽음 이후에 찾아오는 건 다 쓸모없는 것이니, 생동하며 살아가는 이에게 삶이란 얼마나 긴 나날의 연속이겠는가! 파우스트는 지상에서의 행복을 요구했었다. 하지만 그저 손만 내밀면 잡히는 것이 행복이거늘, 이 얼마나 불행한 자란 말인가. 자신의 영혼을 기쁘게 할 줄 모른다는 것은 이미 영혼을 팔아 버린 것이나 다름없다. 이와 반대로, 돈 후안은 누릴 만큼 실컷 누리라며, 포만(飽滿)할 것을 명한다. 그가 한 여인의 곁을 떠난다고 해서, 그것이 꼭 그 여인을 더 이상 욕망하지 않게 되었다는 뜻은 아니다. 아름다운 여인은 언제나 욕망의 대상일 테니. 다만 그가 다른 여인을 욕망하게 되어 그랬던 것이라면, 이 경우는 결코 앞의 경우와 같다고 할 수 없을 것이다.

이 같은 삶은 그를 충족시켜주기에, 그에게 있어 이러한 현세의 삶을 잃는 것보다 더 나쁜 일은 없다. 이 광인이야말로 어떤 면에선 위대한 현자인 셈이다. 그러나 희망으로 살아가는 사람들은 선량함이 관대함에, 애정이 남성적인 침묵에, 신앙적 합일이 고독한 용기에 자리를 내주는 그런 세계를 그다지 달갑게 받아들이지 못한다. 그래서 모두들 "돈 후안은 나약한 사람이었거나, 이상주의자였거나, 혹은 성자였다."라고 입 모아 말하는 것이다. 모욕을 안겨 주는 위대함이라면, 기꺼이 실추시켜야 할 일이다.

사람들은 돈 후안의 일장 연설에, 그가 모든 여인들을 상대로 써먹는 똑같은 구절들에 상당한 분노를 표한다(아니면 그가 예찬하는 것을 되레 깎아내리려고 자기들끼리 은밀한 웃음을 지어 보인다). 그러나 기쁨의 양을 추구하는 사람에게 중요한 것은 오직 효율성뿐이다. 이미 효력이 입증된 암호들을 뭣 하러 또 복잡하게 만든단 말인가? 여인이건 사내건 그 누구도 암호의 내용을 들으려는 사람은 없고, 오히려 그 발음하는 목소리에만 귀를 쫑긋 세운다. 이 순간 암호들은 규칙이고, 관례고, 예의일 뿐이다. 해서 우리는 그것들을 그냥 말하는 것인데, 정작 처리해야 할 가장 중요한 일은 그 다음에 있다. 돈 후안은 이미 각오가 서있다. 이런 그가 무엇 때문에 도덕의 문제를 스스로에게 제기하겠는가? 그가 영벌에 처해진 것은 밀로즈의 마냐라(Mañara de Milosz)처럼 성인(聖人)이 되고픈 욕망 때문이 아니었다. 지옥이란, 그가 보기엔 사람들이 만들어낸 것이다. 신의 노여움 앞에서 그는 단 하나의 대답만을 가지고 있었으니, 인간의 명예가 그것이다. 그는 기사 석상(石像) 앞에서 "내겐 명예가 있소. 나는 기사이기에, 내 약속을 다할 뿐."이라고 말한다. 그러나 이런 사실을 들어 그를 반도덕주의자로 취급한다면 이 또한 크나큰 오류가 아닐 수 없다. 이런 점에서 보자면, 그 역시도 '모든 이들과 마찬가지', 다시 말해 공감 혹은 반감의 모럴을 갖고 있다 하겠다. 돈 후안이란 인물이 통속적으로 상징하는바, 즉 평범한 유혹자이자 호색가라는 점을 늘 염두에 두지 않으면, 그를 제대로 이해할 수 없다. 그는 평범한[15] 유혹자다. 차이가 있다면, 그는 의식하고 행동한다는 점인데, 바로 이 점이 그를 부조리의 인간이게 한다. 명증한 유혹자라고 해서 달라지는 건 없다. 유혹하는 일이 그가 하는 일이다. 하던 일이 달라지거나, 더 나은 사람이 되는 것은 오직 소설 속에서나 가능한 일이다. 그러나 아무것도 변하지 않았지만, 동시에 모든 것이 변모되었

---

15 '평범한ordinaire'이란 말 자체의 그 충실한 의미에서, 그리고 그 특유의 결함들까지도 포함하여 생각해야 할 것이다. 건강한 태도는 결함도 '또한' 포함한다.

다고 말할 수 있다. 돈 후안이 실천하고 있는 것은 질(質)을 지향하는 성인의 그것과는 반대로 양(量)의 윤리학이니 말이다. 사물들에 깊이 내재되어 있는 의미를 믿지 않는 것, 이것이 바로 부조리의 인간이 지닌 특성이다. 해서 그는 열에 들뜬 얼굴들 혹은 감탄으로 가득한 얼굴들을 편력하고, 채집하고, 불사른다. 시간은 그와 함께 흘러간다. 부조리의 인간은 시간과 분리되지 않는다. 더구나 돈 후안에겐 여인들을 '수집'할 생각이 없다. 그는 여인들과 만날 수 있는 횟수를 최대한 이용함으로써, 그 여인들과 함께 제 삶의 모든 기회들을 남김없이 소진할 뿐이다. 수집한다는 것, 그것은 자신의 과거를 뜯어먹으며 살아간다는 것이다. 그러나 돈 후안 그는, 희망의 또 다른 형태인 후회를 거부한다. 그는 초상화들을 그냥 두고 감상하는 법 따윈 알지 못한다.

그렇다고 그를 이기적인 인간으로 봐야 할까? 그의 수법을 봐서는 그럴지도 모르겠다. 그러나 이것 역시 어떻게 이해될 것인지에 달렸다. 세상엔 살기 위해 태어난 사람들도 있고, 사랑하기 위해 태어난 사람들도 있는 법. 적어도 돈 후안이라면 기꺼이 그렇게 말하리라. 그러나 그것은 그가 나름대로 선택한 일종의 함축적 표현일 따름이다. 왜냐하면 여기서 말하는 사랑은 영원한 것에 대한 온갖 환상들로 장식되어 있기 때문이다. 정념이 무엇인지 잘 아는 모든 이들이 우리에게 알려

주듯, 영원한 사랑은 저지당할 때 비로소 존재한다. 투쟁 없는 정념이란 극히 드물다. 이 같은 사랑은 죽음이라는 궁극의 모순 속에서만 그 끝을 발견할 뿐이다. 베르테르가 되거나, 아니면 아무것도 아니어야 하는 것이다. 여기서도 역시나 여러 자살의 방식들이 나타나는데, 그 중 하나가 자신의 고유한 인격을 전적으로 헌신하고 망각하는 일이다. 어느 누구 못지않게 돈 후안도 그것이 감동적일 수 있다는 것을 알고 있다. 그러나 돈 후안은 여기에 하등 중요할 게 없다는 것을 아는 몇 안 되는 사람들 중 하나이기도 하다. 또한 위대한 사랑 때문에 자신의 삶 전체를 등지고 만 사람들이 풍요로워질지는 모르나, 그들의 사랑이 선택했던 상대들을 기어이 가난한 존재로 만들어 버리고 만다는 사실도 그는 잘 알고 있다. 어머니랄지, 정념에 사로잡힌 여인은 필연적으로 메마른 마음을 갖게 마련인데, 왜냐하면 그런 마음은 세상을 등지고 있기 때문이다. 단 하나의 감정, 단 하나의 존재, 단 하나의 얼굴만 있을 뿐, 모두 다 탕진되고 없는 것이다. 반면 돈 후안을 뒤흔드는 것은 이와는 다른 사랑, 즉 해방시키는 사랑이다. 그는 이런 사랑으로 세상 모든 얼굴들을 불러들이며, 이때 그가 느끼는 전율이란 스스로 사멸할 것임을 의식한다는 데서 기인한다. 돈 후안은 아무것도 아니게 되는 쪽을 선택했던 것이다.

그에게 중요한 것은 명철하게 바라보는 일이다. 우리는 우리 자신을 어떤 존재와 맺어 주는 그 무엇을 사랑이라고 하지만, 이 사랑은 단지 어떤 집단적인 시각에 기대어, 수많은 책들과 전설들에 책임이 있는 그런 방식에 비추어 부르는 것에 불과하다. 그러나 사랑에 대해 내가 알고 있는 것이라곤 그것이 내 자신을 어떤 존재와 맺어 주는, 욕망, 애정, 지성의 혼합물이라는 것뿐이다. 이 복합물이 다른 누군가에게도 동일한 것은 아니다. 내겐 이런 경험들 모두를 똑같은 이름으로 덧씌울 권리가 없다. 이대로라면 저 숱한 경험들을 일괄적으로 똑같은 행동들에 결부시키지 않아도 될 터. 다만 여기서도 부조리의 인간은 하나로 통일시킬 수 없는 것을 다양하게 증식시켜나간다. 이런 식으로 그는 새로운 존재방식을 발견하게 되는데, 이런 존재방식은 적어도 그에게 접근하는 이들을 해방시켜 주는 것 못지않게 그 자신을 해방시켜준다. 스치듯 덧없으나, 그와 동시에 더없이 유일하다는 것을 스스로 아는 사랑만이 너그러운 사랑으로 남는다. 돈 후안에게 있어서 삶의 다발을 이루는 것은 이 모든 죽음과 부활들이다. 이것은 그만의 베푸는 방식이자, 삶이 계속되게 하는 방식이기도 하다. 이를 두고 이기주의를 운운할 수 있을지는 판단의 여지를 남겨두기로 하겠다.

여기서 나는 돈 후안이 기어이 벌 받길 바라는 자들을 생각해본다. 비단 저 세상에서 뿐 아니라, 이 세상에서도 그렇게 되길 바라는 자들 말이다. 나는 만년의 돈 후안에 관한 그 수많은 이야기들, 전설들, 그리고 비웃음들도 떠올려 본다. 그러나 돈 후안은 이미 각오가 서있다. 의식하고 있는 한 인간에게, 늙음과 그것이 전조처럼 예고하고 있는 바는 그리 놀랄 만한 것이 아니다. 그는 늙음이 안겨 주는 공포를 숨기지 않고 있다는 점에서 의식적인 인간이라 하겠다. 아테네에는 노인들을 위해 축성된 사원이 하나 있었다고 한다. 당시 사람들이 그곳에 아이들을 데려가기도 했다는 사실은 생각해 볼 일이다. 한편 돈 후안의 경우, 사람들이 그를 두고 비웃으면 비웃을수록, 그의 얼굴은 더욱 더 선명하게 부각된다. 그는 이런 식으로 낭만주의자들이 자신에게 덧씌웠던 모습을 거부한다. 고통 받고 있는 저 가련한 돈 후안, 누구도 그런 그를 두고 비웃으려 들지 않는다. 그렇다면 모두가 그를 불쌍히 여기고 있으니, 하늘도 그의 죄를 사해주어야 하지 않을까? 하지만, 이런 식은 아니다. 돈 후안이 어렴풋이 보았던 그 세계 안에는 이런 터무니없는 조롱마저 '또한' 포함되어 있으니 말이다. 그라면 자신이 벌 받아 마땅하다고 생각했으리라. 이것이 게임의 규칙이다. 고로 게임의 규칙 모두를 받아들였다는 데 그의 고결함이 있다. 다만 그는 자기가 옳다는 것을, 그리고 그게 벌이 될 리 없다는 것을 알고 있다. 한 운명이 벌이 될 수는 없는 것이다.

이것이 바로 그의 그의 죄요, 그러니 영원에 얽매인 자들이 그에 대해 처벌을 요구하는 것은 이해될 법도 하다. 하지만 그는 환상이 배제된 앎에 도달함으로써, 그들이 주장하는 것 일체를 부정한다. 사랑하고 소유하는 것, 정복하고 소진하는 것, 이것이야말로 그가 알아보는 방식이다 (성서에서 자주 애용되는 표현, 즉 사랑의 행위를 '알아보다connaître'로 칭하고 있다는 사실은 의미심장하다). 그들에게 있어서 돈 후안이란 인물은 자신들을 무시하는 한, 더없이 나쁜 적일 수밖에 없다. 한 전기 작가는 이 진정한 '방탕아'가 '출생 덕분에 어떠한 처벌도 받지 않을 수 있었음에도 돈 후안의 방종과 불경함에 종지부를 찍고자 했던' 프란체스코 수도사들에 의해 암살당했다는 이야기를 전하고 있다. 이후에 그들은 하늘이 벼락을 쳐서 그를 죽였노라 발표했다고 한다. 아무도 이 기이한 최후를 입증하진 못했다. 그 반대의 상황을 증명해낸 사람도 없다. 다만 이런 일이 있을 법한지는 문제 삼지 않더라도, 나는 이것이 논리적이라고는 말할 수 있을 것 같다. 여기서 잠깐 이 '출생naissance'이라는 말을 붙들고, 말장난을 좀 해보면 어떨까. 삶이야말로 그의 무죄를 보증해줄 수도 있었던 것이라고 말이다. 이젠 전설이 되어버린 그의 유죄는 오직 죽음에 의해서만 성립되었던 것이다.

저 석(石)기사, 감히 생각하려 들었던 그 혈기 그 용기를 벌하고자 몸을 움직인 저 차가운 석상은 다른 또 무엇을 의미하고 있는 걸까? 그 석상 안에는 영원한 이성, 질서, 보편적 도덕의 온갖 권능들, 그리고 걸핏하면 노여움을 터뜨리는 어떤 신적 존재의 기묘한 위엄이 통째로 요약되어 있다. 저 거대하고 영혼 없는 돌덩이는 그저 돈 후안이 기어이 부정했던 권능들을 상징할 뿐이다. 하지만 석기사의 임무는 거기서 그친다. 제멋대로 불러냈던 벼락과 천둥은 사람들이 꾸며낸 저 가상의 하늘로 되돌아가면 될 일. 진정한 비극은 이런 것들 밖에서 연출된다. 아니다, 돈 후안이 죽음을 맞이한 건 결코 저 돌로 된 손아귀에 의해서가 아니었던 것이다. 차라리 나는 저 전설적인 허세를, 존재하지도 않는 신에 도전하는 건강한 인간의 저 무모한 웃음을 기꺼이 믿으련다. 특히 나는 돈 후안이 안나의 집에서 때를 기다리고 있었던 그날 저녁, 석기사는 오지도 않았고, 자정이 지나자 이 불경한 자는 자신이 옳았음을 깨닫게 되었을 때 맛보게 되는 그 특유의 씁쓸함을 맛보았으리라 믿어 의심치 않는다. 그가 생을 마감하면서 어느 수도원에 은둔했다는 후일담은 더더욱 기꺼이 받아들이겠다. 이 이야기가 갖는 교훈적인 측면이 그럴 듯해서 하는 말이 아니다. 대체 신을 찾아가 무슨 은신처를 구한단 말인가? 오히려 이것은 온전히 부조리에 사무쳤던 삶의 논리적 귀결이자, 내일 없는 기쁨을 향해 몸을 돌려세운 한 실존의 완강한 대단원을 상징한다. 여기서 향락은 금욕으로 끝을 맺는다. 하지만 우리는 향락과 금욕이 동일한 결여의 다른 두 얼굴일 수 있다는 점을 이해하지 않으면 안 된다. 자신의 육신으로부터 버림받아 제때 죽지도 못해, 경애하지도 않는 신과 얼굴을 마주한 채, 지난날 삶을 섬겼듯 신을 섬기려 허공 앞에 무릎 꿇고는, 말 없는 저 하늘, 깊이도 가늠되지 않는 저 하늘을 향해 손을 뻗으며 최후의 순간까지도 희극을 연출하고 있는 한 인간의 모습, 정녕 이보다 더 끔찍한 모습이 또 어디 있겠는가.

언덕 위, 외딴 스페인 수도원 독방에 홀로 남겨진 돈 후안의 모습이 내 눈 앞에 선하다. 혹시라도 그가 무언가를 바라보고 있다면, 그것은 사라져 간 수많은 사랑의 환영들이 아니라, 아마도 불타오르는 총안(銃眼)의 틈새로 엿보이는 스페인의 어느 고요한 평원, 제 자신을 고스란히 알아볼 수 있는 영혼 없는 찬란한 대지일 것이다. 그렇다, 우수 어린, 그러나 햇살 가득한 이 이미지에서 이제 그만 멈추기로 하자. 최후의 종말, 그렇게 기다려 왔건만, 그렇다고 결코 바란 적도 없는 저 최후의 종말이라면, 경멸해도 좋다.

극(劇)

햄릿은 "연극, 바로 이 덫으로 왕의 의식을 포획하리라."
라고 말했다. '포획하다'라는 이 말은 상당히 적절한 표현이
다. 왜냐하면 의식은 재빨리 지나가거나 움츠러들기 때문이
다. 의식은, 허공을 날고 있을 때, 스스로에게 찰나의 시선을
던지는 가늠할 수조차 없는 바로 그 순간에 포착되어야 한다.
일상적인 인간은 꾸물거리길 좋아하지 않는다. 오히려 모든
것이 그를 재촉한다. 그러나 동시에, 자신 이외에는 그 무엇
에도 더한 관심을 보이지 않지만, 장차 자기 자신이 될 수도
있는 무언가엔 비상한 관심을 쏟는다. 바로 이러한 점 때문에
연극와 공연에 대한 취향이 생기는 것인데, 무대에서는 그 앞
에 수많은 운명들이 제시되고 있는바, 그 운명들의 쓰디쓴 고

통을 직접 겪지 않고도 시적 정취를 받아들일 수 있다. 적어도 이 지점에서 우리는 무의식적인 인간이 어떤 인간인지 가려낼 수 있으니, 그는 무엇인지 알지도 못하는 희망을 향해 분주하게 서두르는 자라 하겠다. 부조리의 인간은 희망이 끝나는 곳, 정신이 연기 감상을 그만 멈추고 그 안으로 직접 돌입하려는 바로 그곳에서 시작된다. 저 모든 삶 속으로 침투하는 것, 그 다양한 삶들을 두루 체험하는 것, 이것이야말로 그 삶들을 말 그대로 연기해내는 것이다. 그렇다고 통상적인 배우라면 누구나 이러한 요청에 따라야 한다거나, 또 그들이 부조리의 인간이라는 점을 말하려는 것은 아니다. 다만 나는 그들의 운명이 명철한 마음을 매혹시키고 끌어당길 수도 있는 부조리의 운명이라는 점을 일러두고자 할 따름이다. 곧 뒤이을 내용을 오해 없이 이해하기 위해서라도 이 점은 밝혀 둘 필요가 있겠다.

배우는 필연적으로 소멸하는 것 가운데서 군림한다. 모두가 알다시피 이 세상 모든 영광들 중에서도 배우가 누리는 영광이란 가장 덧없는 것이다. 적어도 사람들은 화제 거리 삼아 그렇게들 말하곤 한다. 그러나 영광은 모두가 덧없다. 시리우스에서 내려다보면, 괴테의 작품인들 1만 년 후에는 티끌이 될 것이요, 그의 이름은 잊히고 말 것이다. 어쩌면 몇몇 고고학자들만이 우리 시대에 관한 몇 가지 '증거물'을 찾게 되는지도 모른다. 이런 식의 생각은 늘 어떤 가르침을 주어 왔다.

곰곰이 생각해 보면, 이런 생각은 우리의 불안한 동요를 잦아들게 해, 무관심을 통해 얻을 수 있는 심오한 고귀함에 이르게 한다. 특히나 그것은 우리의 관심사를 가장 확실한 것, 다시 말해 즉각적인 것으로 향하도록 해준다. 세상 모든 영광들 가운데 가장 속임수 없는 것이라면 몸소 자신의 삶을 살아내는 영광이다.

그렇기에 배우는 무수한 영광, 자신을 바쳐 자기 자신을 겪어내는 영광을 선택했다. 언젠가는 모든 것이 사멸한다는 사실에서 최선의 결론을 이끌어낸 자가 바로 배우인 것이다. 배우는 성공하거나 혹은 성공하지 못하거나 그뿐이다. 작가는 설령 인정받지 못해도, 희망을 품을 수 있다. 그는 자신이 어떤 존재였는지를 자신의 작품이 증언해 주리라 믿고 있기 때문이다. 그러나 배우는 우리에게 기껏해야 사진 한 장만 달랑 남겨줄 뿐, 그의 몸짓과 침묵, 그의 짤막한 숨소리나 사랑의 숨결은 어느 하나 우리에게 전달되지 못할 것이다. 배우에게 체험되지 않는다는 것은 곧 연기를 하지 않는다는 것이요, 연기하지 않는다는 것은 곧 그 자신이 생명을 불어넣었을지도 모를 혹은 소생시킬 수도 있었을 저 모든 존재들과 더불어 무수히 죽는다는 것을 의미한다.

세상 가장 덧없는 창조들 위에 세워지는 영광이 필경 소멸하고 말 영광이라 해서 놀랄 건 또 뭐란 말인가? 배우에겐 이아고Iago나 알세스트Alceste, 페드르Phèdre나 글로세스터Glocester가

되어 볼 수 있는 세 시간이 있다. 그 짧은 출연 시간 동안 배우는 50제곱미터 남짓한 무대 위에서 그들을 태어나게 하고 또 죽게 한다. 일찍이 부조리가 그토록 훌륭하게, 그토록 오랜 시간에 걸쳐 예증된 적은 없었다. 저 경이로운 인생들, 벽과 벽 사이를 넘나들며 불과 몇 시간 만에 성장하고 완결되는 저마다 유일하고도 완전한 저 운명들, 이보다 더한 계시적인 축도(縮圖)를 또 어찌 바랄 수 있겠는가? 무대가 끝나면, 지기스문트는 아무것도 아니게 된다. 두 시간 후면 시내에서 식사 하는 그의 모습을 볼 수 있으니 말이다. 인생을 한낱 꿈이라고 부르는 건 아마도 이때를 두고 하는 말일 것이다. 그러나 지기스문트에 뒤이어 또 다른 인물이 나타난다. 복수를 다하고 울부짖던 사람은 가고, 그 자리에 마음의 갈피를 정하지 못해 괴로워하는 주인공이 등장한다. 이런 식으로 숱한 세기들과 정신들을 편력하면서, 있을 수 있고 또 있는 그대로의 인간의 모습을 모방하면서, 배우는 여행자라는 또 하나의 부조리의 인물과 한 몸이 된다. 여행자와 마찬가지로, 그는 무언가를 소진하고 끊임없이 편력한다. 그는 시간의 여행자요, 최상의 경우엔 수많은 영혼들에 쫓기는 여행자가 된다. 혹여 양(量)의 도덕이 어떤 양식(糧食)을 발견해내기라도 한다면, 그것은 분명 기이함으로 가득한 이 무대 위, 바로 그곳에서일 것이다. 배우가 이러한 극중 인물들에게서 어느 정도로 영향을 받는 지는 설명하기 어렵다. 그러나 중요한 것은 그게 아니다. 오히려 그 무엇으로도 대체될 수 없는 저 삶들에 그가 어느 정도까지 동화되는지를 아는 것이 문제다. 실제로 배우는 그 인물들을 제 몸에 지니고 다니기에, 그들은 저마다 탄생했던 시간과 공간을 가볍게 넘나들기도 한다. 그들은 배우랑 꼭 붙어 다녀서, 배우는 자신이 분했던 인물로부터 쉽사리 떨어져 나오지 못한다. 배우는 잔을 들어 올리는 자신의 일상적인 모습에서 잔을 치켜 세우는 햄릿의 동작을 발견하기도 한다. 그렇다, 그가 살려냈던 모든 존재들과 그 자신을 가르는 간격은 그리 멀지 않은 것이다. 그렇기에 배우는 인간이 되길 바라는 존재와 실재하는 현실의 존재 사이에 경계가 없다는 지극히 풍요로운 진리를 매달 혹은 매일같이 아낌없이 보여준다. 외양이 어느 정도까지 실재를 창조해낼 수 있는가, 이것이야말로 인물을 더 잘 표현하는 데 온통 정신이 팔려 있는 그가 증명해내려는 바이다. 왜냐하면 절대적으로 가장(假裝)하는 것, 자신의 것이 아닌 타인의 삶 속으로 가능한 한 깊숙이 들어가는 것, 이것이 바로 그만의 예술이기 때문이다. 그가 경주해온 노력이 그 끝에 이르렀을 때, 비로소 그의 사명은 밝혀진다. 즉 온 맘을 다해 아무것도 아니게 되거나, 혹은 숱한 존재들이 되고자 전념하는 일이 그것이다. 게다가 자신만의 인물을 창조해내는 일만 해도, 그에게 부여된 한계가 좁으면 좁을수록 그에겐 더 많은 재능이 요구된다. 오늘, 이제 막 자신의 것이 된 얼굴로 세 시간 후면 그는 죽음을 맞게 될 것이다. 단 세 시간 만에 그는 한 예외적인 운명을 오롯이 겪어내고 표현해내야만 한다. 이것이 바로 흔히 말하는 자신을 되찾기 위해 자신을 잃는 일이다. 이 세 시간을 관통해 그 끝에 이르는 동안, 그는 저 끝자리 관객이 평생에 걸쳐 이르게 되는 출구 없는 길 끝에까지 가보게 되는 것이다.

소멸하고 말 것을 흉내 내는 자인 배우는 오직 외관을 통해서만 자신을 단련하고 완성시킨다. 연극의 관습이란, 오로지 몸짓으로 그리고 육체로만―혹은 육체만큼이나 영혼에 속하는 것이기도 한 목소리로만―자신을 표현하고, 이해시켜야 하는 것을 뜻한다. 이러한 연극 예술의 법칙은 모든 것이 육신으로 확대되어 표출되기를 요구하고 있다. 만일 무대 위에서 현실에서 사랑하듯 사랑하고, 그 무엇으로도 대신할 수 없는 마음의 목소리를 사용하고, 평상시에 바라보듯 응시한다면, 우리가 전달하려는 언어는 그저 암호 상태로 남겨질 것이다. 여기선 침묵마저 들릴 수 있어야 한다. 사랑이 어조를 높여가고, 부동의 상태마저 광경이 되는 것이다. 육체가 곧 왕이다. 그저 마음으로 바란다고 '연극적인 것'이 되는 건 아니기에, 부당하게 평가절하 되어왔던 이 연극적이라는 말은 하나의 미학 전체, 어떤 도덕 일반을 포괄한다. 실상 우리 인생의 절반은 때론 암시하기도, 때론 외면하기도, 때론 침묵하기도 하면서 흘러가게 마련이다. 이때 배우는 어떤 침입자나 다름없다. 그는 묶여있던 영혼에서 마법을 걷어내는 자이기에, 마침내 온갖 정념들은 무대 위로 쏟아져 나온다. 이 정념들은 온갖 몸짓들 속에서 말하고, 오로지 숱한 외침들을 통해서만 생동한다. 이렇듯 배우는 자신의 인물들을 구성해냄으로써, 자기를 과시한다. 그는 그들을 묘사하거나 조각한다. 그는 그들의 상상적인 형태 속으로 흘러들어가 그 환영들에 자신의 피를 나눠준다. 지금 나는 두말할 나위 없이 위대한 연극, 다시 말해 배우에게 순전히 육체적인 자신의 운명을 충족시킬 수 있는 기회를 마련해주는 그런 위대한 연극에 관해 말하고 있는 것이다. 셰익스피어를 보라. 이 최초의 생동하는 연극에서 춤을 이끄는 것은 육체의 광란이다. 이 광란이 모든 것을 설명해준다. 그것들 없이는 모든 것이 붕괴된다. 코딜리어를 내쫓고 에드거를 벌하는 잔혹한 행동이 없었더라면, 리어왕은 결코 광기와 맞닥뜨리게 될 장소에 가지 않았을 터. 그러므로 이 비극이 광기라는 기치 아래 전개되는 것은 당연하다. 숱한 영혼들이 악마들에게, 그리고 악마들의 사라반드에 내맡겨진다. 자그마치 넷이나 되는 광인들, 하나는 직업 때문에, 다른 하나는 의지 때문에, 나머지 둘은 번민 때문에 광인이 되고 만다. 보라, 저 흐트러진 네 개의 육체, 똑같은 조건에서 비롯된 형언할 수 없는 네 개의 얼굴들을.

인간의 육체라는 척도 그 자체만으로는 불충분하다. 가면과 반장화, 얼굴을 여러 기본적인 요소들로 환원시켜 강조해

주는 분장, 과장하면서도 단순화시키는 의상, 이러한 것들의 세계는 외관을 제외한 다른 모든 것들이 희생되는, 오직 눈을 위해 만들어진 세계다. 그런데 어떤 부조리의 기적이 통한걸까, 여기서도 인식을 불러일으키는 것은 육체다. 나는 이아고 역을 연기해 보지 않고는 결코 이아고를 이해하지 못할 것이다. 그의 말을 제아무리 들어 본들 소용없으며, 오직 내가 그를 바라볼 때에야 비로소 그를 파악할 뿐이다. 그 결과 배우는 부조리한 등장인물이 지닌 단조로움, 그리고 모든 주인공들을 두루 거칠 때마다 데리고 다니는, 낯설면서도 친숙하고, 독특하고도 집요한 실루엣을 갖게 된다. 여기서도 위대한 작품은 이 같은 톤의 단일성을 섬긴다.[16] 하지만 바로 이 지점에서 배우는 자기모순에 빠진다. 즉 동일하면서도 지극히 다양하고, 단 하나의 육체에 그토록 많은 영혼들이 요약된다는 모순이 그것이다. 모든 것에 도달하고 모든 것을 살아내려는 저 인간, 저 헛된 시도, 저 부질없는 고집, 이것이야말로 부조리의 모순 그 자체라 하겠다. 그럼에도 불구하고 항상 모순된 채로 남아 있던 것이 그의 안에서 합일된다. 육체와 정신이 다시 만나 껴안는 곳, 무수한 실패에 지친 정신이 자신의 가

---

16 여기서 나는 몰리에르의 알세스트를 염두에 두고 하는 말이다. 모든 것이 지극히 단순하고, 명백하고, 거칠다. 필랭트 대(對) 알세스트 대면, 엘리앙트 대 셀리멘, 종말을 향해 떠밀리는 한 성격의 부조리한 귀결에서 발견되는 주제 전체, 그리고 시구 그 자체, 성격의 단조로움만큼이나 운율이라곤 거의 찾아볼 수 없는 '서툰 시구' 등이 그렇다.

장 충직한 맹우(盟友)에게로 몸을 돌려세우는 바로 그곳에 그가 있는 것이다. 햄릿은 말한다. "피와 판단이 기묘하게 뒤섞인 나머지, 운명의 손가락에 제멋대로 연주되는 피리가 되지 않을 자들에게 축복이 있을지어다."

배우에게서 보이는 이 같은 행태를 교회가 어찌 정죄하지 않았겠는가? 교회는 이 예술 속에서 나타나는 영혼의 이단적인 증식, 감정의 방탕, 단 하나의 운명을 살길 거부하고 온갖 방종 속으로 뛰어드는 파렴치한 정신의 소유자들을 일방적으로 거부해 왔다. 그중에서도 교회가 가르치는 모든 것에 대한 부정(否定)에 다름 아닌, 현세에 대한 애착과 프로테우스적 정신의 득세를 특히나 금지해왔다. 영원은 유희의 대상이 될 수 없다. 연극을 더 좋아할 만큼 무분별한 정신이라면 스스로를 구원할 기회를 잃어 마땅하다는 것이다. '도처에'와 '영원히' 사이에 화해란 없다. 그렇기 때문에 그토록 천대받았던 이 직업은 엄청난 정신적 갈등을 유발시킬 만한 것이었다. 니체는 "중요한 것은 영원한 삶이 아니라, 영원한 생동이다."라고 말한 바 있다. 실로 모든 드라마는 바로 이 선택에 있다.

아드리엔 르쿠브뢰르Adrienne Lecouvreur는 임종의 자리에서 참회하고 성채배령 받길 간절히 원했으나, 배우라는 자신의 직업을 공식적으로 포기하는 일만큼은 끝내 거부했었다. 그 때문에 그녀는 고해성사의 혜택을 누릴 수 있는 기회를 영영 잃고 말았다. 이것이야말로 신을 거역하면서까지 자신의 깊은 정열의 편을 든 것이 아니라면 정녕 무엇이겠는가? 그리고 임종의 순간, 이 여인은 스스로 나의 예술이라고 불러왔던 것을 부정해야 하는 일을 눈물로 거부함으로써, 일찍이 무대의 각광을 받던 당시에도 달성하지 못했던 어떤 위대함을 입증해냈다. 그것은 이 여인에게 있어서 가장 아름다우면서도, 가장 해내기 어려운 배역이었던 셈이다. 하늘과 자신에 대한 저 터무니없는 충직함 사이에서 선택하는 일, 영원보다도 자신을 더 사랑할 것인가 아니면 신에게 몰입할 것인가 하는 문제는 매우 오랜 세월 지속되어 왔던 비극으로, 이 같은 비극적 상황에서 저마다의 자리를 찾아야만 하는 것은 우리 역시도 마찬가지다.

당대의 배우들은 자신들이 파문당한 존재임을 알고 있었다. 이 직업에 발 들였다는 것은 곧 지옥을 선택한 것이었으니 말이다. 더구나 교회는 그들에게서 교회가 생각하는 최악의 적의 모습을 감지하고 있던 터였다. 몇몇 문학가들은 "뭐라고, 몰리에르에게 마지막 은총마저 허락되지 않다니!"하며 분통을 터뜨렸다고 한다. 그러나 이러한 최후는 지극히 당연한 것으로, 무대 위에서 죽음을 맞았던 그, 온통 분산(分散)에 바쳐진 일생을 분장한 얼굴로 마감해야만 했던 그에게는 특히나 그랬을 것이다. 사람들은 그를 언급하면서, 모든 것을 정당화시켜주는 천재를 변명처럼 내세우곤 한다. 그러나 천재는 그 무엇도 변명하지 않는 법, 왜냐하면 변명하길 거부하는 것이야말로 바로 천재이기 때문이다.

그러므로 배우는 자신에게 어떤 벌이 기약되어 있는지 알고 있었던 셈이다. 그러나 삶 자체가 그에게 예정해둔 최후의 징벌에 비하면 막연하기 짝이 없는 위협인 것을, 이 같은 위협이 과연 무슨 의미가 있었겠는가? 그가 앞질러 터득하고 자신의 전존재를 통해 받아들였던 것은 바로 이 최후의 형벌이다. 부조리의 인간에게서와 마찬가지로 배우에게도, 때 이른 죽음은 돌이킬 수 없는 것이다. 세상 그 무엇도, 죽음만 아니라면 그가 두루 편력해가며 제 몸에 지녔을 무수한 얼굴들과 세기들의 총화를 보상해줄 수는 없다. 그러나 여하간 문제는 죽는다는 것이다. 왜냐하면 분명 배우는 도처에 존재하지만, 시간은 역시나 그를 휩쓸어, 기어이 제 위력을 그에게 가하기 때문이다.

따라서 배우의 운명이 뜻하는 바를 직감하는 데는 약간의 상상력을 발휘하는 정도면 충분할 것이다. 배우가 자신의 인물들을 구성하고 열거하는 것은 시간 속에서다. 그가 그 인물들을 지배하는 방법을 배우는 것 역시도 시간 속에서다. 그러니 상이한 형태의 숱한 삶들을 살아낼수록, 그만큼 그는 그 삶들과 더욱 더 잘 결별할 수 있게 된다. 무대에서도 그리고 이 세상에서도 죽어야만 하는 시간은 찾아오게 마련이다. 그가 살아낸 것이 그의 면전에 있다. 그는 분명하게 마주본다.

그는 이 모험이 지닌 비통하고도 그 무엇으로도 대체될 수 없는 무언가를 직감한다. 이제 그는 죽는 법을 알고, 또한 죽을 수도 있게 되었다. 세상엔 은퇴한 늙은 배우들을 위한 거처들이 있다.

정복

정복자는 말한다. "안 됩니다, 행동에 옮기길 좋아하다 보니 내가 생각하는 법을 잊을 수밖에 없었다는 식으로 생각해선 안 되는 겁니다. 오히려 그 반대로 나는 내가 믿고 있는 바를 완벽하게 정의할 수 있습니다. 왜냐하면 그것을 굳건히 믿고 있고, 또한 확실하고도 분명한 시선으로 바라보고 있는 것은 다름 아닌 바로 나이기 때문입니다. '이건 말이오, 너무 잘 알고 있는 거라서 어떻게 표현할 수가 없소.'라고 말하는 자들을 경계해야 합니다. 왜냐하면 그것을 표현할 수 없다면, 그들은 그것을 알지 못하거나 혹은 나태로 말미암아 그저 껍데기에 그치고 만 것이기 때문입니다."

내게 많은 견해가 있는 건 아니다. 삶의 끝에 이르러, 인간은 단 하나의 진리를 확인하기 위해 여러 해를 보냈다는 사실을 깨닫곤 한다. 그러나 그 단 하나가 명백하기만 하다면, 생의 지표로 삼기에 충분할 것이다. 그런데 내겐 정말이지 개인에 관련해서만큼은 뭔가 말해야 할 게 있는 것 같다. 이런 것을 말할 때는 다소 거칠게, 필요하다면 적당히 경멸을 섞지 않으면 안 된다.

모름지기 인간은 자신이 말하는 것들보다도 침묵하는 것들로 인해 한결 더 인간다워지는 법이다. 나는 많은 것들을 침묵하려 한다. 다만 나는 이제껏 개인에 대해 언급한 모든 이들이 자신들의 판단근거를 내세우면서도 우리보다 훨씬 못 미치는 경험에 기대어 판단해왔다고 굳게 믿고 있다. 지성, 저 감동적인 지성이라면 어쩌면 확인해야 할 그 무엇을 진작부터 예감하고 있었는지도 모르겠다. 그러나 시대와 시대가 남긴 폐허 그리고 그 시대가 흘린 피는 수많은 자명함들로 우리를 채우고 있다. 고대인들, 심지어 기계적인 우리의 시대와 가장 가까이 있는 과거의 사람들조차도 사회와 개인의 힘을 저울질해보고, 어느 쪽이 다른 한 쪽을 위해 봉사해야만 했는지 탐색할 수 있었다. 무엇보다도 이런 일이 가능했던 것은 인간의 마음 속 뿌리 깊게 남아 있는 변성(變姓) 덕분으로, 그에 따라 인간은 제각각 봉사하기 위해 혹은 봉사받기 위해 세상에 태어난다. 한편 이러한 탐색은 사회도 개인도 아직 저마다의 수완을 온전히 발휘하기 못했기 때문에 가능했던 일이기도 하다.

나는 수많은 선량한 정신들이 플랑드르의 피비린내 나는 전쟁이 한창이던 시절 태어난 네덜란드 화가들의 걸작들에 경탄하는가 하면, 저 끔찍했던 30년 전쟁 한복판을 거치며 성장한 슐레지엔 신비주의자들의 기도문에 감동받는 모습을 본 적이 있다. 경탄으로 가득한 그들의 눈에는 영원의 가치들이 속세의 수많은 파란들 너머 저 높은 곳을 유영하는 그 무엇처럼 비춰졌으리라. 그러나 그 후로, 시대는 변천했다. 오늘날의 화가들은 이 같은 평정심을 빼앗기고 말았다. 설령 그들에게 창조자가 갖추어야 하는 마음, 말하자면 메마른 마음이 있다 해도 아무짝에 쓸모가 없었던 것인데, 왜냐하면 모든 이들, 심지어는 성자마저도 동원되던 시절이었기 때문이다. 어쩌면 이것이 바로 내가 가장 심각하게 절감했던 부분인지도 모르겠다. 참호 속에서 하나의 형상이 채 피지도 못하고 유산될 때마다, 철퇴 아래로 하나의 윤곽이, 하나의 은유 혹은 기도문이 짓이겨질 때마다, 영원은 이미 한 판 한 판을 잃고 있었으니까. 나는 내 자신이 내가 살아가는 이 시대와 분리될 수 없음을 의식하고 있기에, 나의 시대와 한 몸이 되기로 결심했다. 내가 개인을 그토록 소중하게 생각하는 까닭은 개인이야말로 유독 보잘것없고 모욕당한 존재로 여겨졌기 때문이다. 또한 승리로 마감될 결정적인 대의란 없다는 사실을 알고 있는 나로선 패배한 숱한 명분들에 애착을 느낄 수밖

에 없다. 더구나 이러한 대의명분들은 일시적인 승리들에서
와 마찬가지로 패배에 있어서도 똑같이 온 영혼을 다 바칠 것
을 요구하고 있다. 스스로 이 세계의 운명과 연대되어 있음을
느끼는 자에게 문명들 간의 충돌이란 몹시도 우려스러운 그
무엇에 다름 아닐 것이다. 나는 이 같은 불안을 내 것으로 여
기고, 동시에 그 안에서 내 역할을 다하고 싶었다. 역사와 영
원 사이에서, 나는 역사 쪽을 택했는데, 그 이유라면 나는 확
실한 것들을 사랑했기 때문이다. 이렇듯 적어도 역사에 관해
서만큼은 확신을 갖고 있는 내가, 나를 짓누르고 있는 이 힘
을 어찌 부정할 수 있겠는가?

　관조와 행동 사이에서 그 어느 쪽을 선택하지 않으면 안
되는 때는 언제든 찾아오게 마련이다. 인간이 된다는 것은 바
로 이를 두고 하는 말일 것이다. 이 파열의 경험은 끔찍스럽
기만 하다. 그러나 자긍심 가득한 가슴에 중간이란 있을 수
없다. 신이냐 시간이냐, 십자가냐 검이냐만 있을 뿐이다. 이
세계에 세상의 온갖 소란들을 초월하는 보다 지고한 의미가
있거나, 아니면 그런 소란들 말고는 그 어떠한 참다운 것도
없거나, 둘 중 하나인 것이다. 그러니 시간과 함께 살다 시간
과 함께 죽거나, 아니면 더욱 위대한 어떤 삶을 위해 시간을
벗어나야만 한다. 물론 사람이면 타협하기도 하고, 당대를 살
아가기도 하고, 또 영원을 믿을 수도 있다는 것을 난 알고 있
다. 이것이 바로 받아들인다는 말의 의미일 것이다. 그러나

나는 이 말이 마음에 내키지 않을뿐더러, 전부 아니면 무(無)를 원한다. 내가 행동을 택한다고 해서, 관조를 미지의 땅처럼 여겨서는 안 된다. 그러나 관조가 내게 모든 것을 줄 수는 없기에, 이미 영원을 빼앗긴 나로서는 시간과 동맹을 맺고자 한다. 나는 향수도 쓰라린 회한도 고려하고 싶지 않고, 오직 명확하게 바라보길 원할 뿐이다. 그대에게 말해 두건대, 내일이면 그대는 동원될 것이다. 그대에게 있어서나 내게 있어서나 그 일은 일종의 해방이 되어 줄 것이다. 개인은 아무것도 할 수 없으나, 그럼에도 모든 것을 할 수 있다. 이 놀라우리만큼 자유로운 처분 가능성 속에서 어째서 내가 개인을 찬미하는 동시에 짓누르는지 그대는 이해하게 될 것이다. 개인을 짓뭉개는 것은 이 세계요, 그 개인을 자유롭게 하는 것은 바로 나일 테니. 나는 이 개인에게 그 온전한 모든 권리를 마련해 주려 한다.

정복자들은 행동이 그 자체로는 무용하다는 사실을 알고 있다. 유용한 행동이라면 단 하나, 인간과 대지를 다시 만들어낼 행동뿐이다. 인간들을 다시 만들어내는 일 같은 건 결코 내가 해내지 못할 일이다. 그러나 '마치 그럴 것처럼' 하지 않으면 안 된다. 왜냐하면 투쟁의 길은 나를 육체와 마주하게끔 만들기 때문이다. 비록 모욕당하긴 했어도, 육체야말로 나의 유일한 확실성이다. 나는 육체로만 살 수 있을 뿐이다. 피조

물의 세계가 곧 나의 조국이다. 바로 그렇기 때문에 나는 이 부조리하고 부질없는 노력을 선택했다. 바로 그렇기에 나는 투쟁의 편에 섰던 것이다. 이미 말했듯, 시대가 이 선택에 동참한다. 이제까지 정복자의 위대함이란 지리적인 것이었다. 정복된 영토들의 넓이로 측정될 수 있었다는 뜻이다. 그런데 이 말의 의미가 바뀌어, 더 이상 전승을 올린 장군을 지칭하지 않게 되었는데, 이런 일이 그냥 이루어진 건 아니다. 위대함이 진영을 바꾸었다. 위대함은 이제 항거(抗拒)와 내일 없는 희생 속에 자리하게 된 것이다. 여기에 또다시 패배에 대한 애착이 남아 있어서는 아니다. 아무래도 승리가 훨씬 바람직한 것 아니겠는가. 하지만 승리는 단 하나 뿐, 더구나 영원한 승리만을 의미한다. 그리고 그것은 내가 결코 거두지 못할 승리이기도 하다. 그러나 바로 그곳이 내가 부딪히고, 또 집요하게 매달리고 있는 지점이다. 혁명은 오늘날의 정복자들의 효시라 할 수 있는 프로메테우스의 혁명을 필두로, 언제나 신들에 대항함으로써 성취되어 왔다. 이것은 인간의 운명에 맞선 인간 자신의 권리주장인바, 가련한 자의 권리주장이었다는 건 한낱 핑계에 지나지 않는다. 다만 나는 이러한 정신이 역사적 행위로 표출될 때만 그것을 포착할 수 있으며, 내가 이 같은 정신과 합류하게 되는 것도 바로 그 지점에서 뿐이다. 그렇다고 내가 이쯤에서 만족하고 있다고 생각하지는 마시라. 본질적인 모순과의 대면에서, 나는 내가 지니고 있는 인간으로서의 모순을 지지하기 때문이다. 나는 나의 명철함을 부정하는 것 한복판에 나의 명철함을 확립시키고자 한다. 나는 인간을 짓누르는 것 앞에서 인간을 찬미하고 있는바, 나의 자유, 나의 반항, 그리고 나의 열정은 저 긴장, 저 통찰력, 저 가늠할 수도 없는 엄청난 반복 속에서 서로 한 몸이 되리라.

그렇다, 인간이야말로 인간 자신의 목적이다. 그것도 유일무이한 목적이란 말이다. 만일 인간이 그 무엇이 되고자 한다면, 그것은 다름 아닌 바로 이 삶 속에서다. 이제 나는 그것을 알고도 남게 되었다. 이따금 정복자들은 정복하는 것과 극복하는 것에 관해 말하곤 한다. 그러나 그들이 의미하는 것은 언제나 '자신을 극복하는 일'이다. 이것이 무엇을 뜻하는지 그대들은 잘 알고 있으리라. 인간이라면 누구나 자신이 무슨 신과 동등한 존재라도 된 듯한 느낌을 받을 때가 있다. 적어도 그렇게들 말하지 않던가. 인간 정신의 저 놀라운 위대함을 섬광처럼 느꼈기 때문에 그러는 것이다. 그런데 정복자들이란, 줄곧 이러한 절정들에서 살아가고 있다는 사실을, 그리고 그런 위대함을 오롯이 의식하면서 살아가고 있다는 사실을 확신할 만큼 제 자신의 힘을 충분히 느끼는 자들 중에서도 흔히 찾아볼 수 있는 자들에 불과하다. 그러니 이는 산술적인 문제, 즉 많고 적음의 문제라 하겠다. 정복자들은 가장 많은 것을 할 수 있다. 그렇다고 그들이 무언가를 열망하는 여느 인간이 할 수 있는 것보다 더 많은 것을 해낼 수 있는 것은 아니다. 바로 그렇기 때문에 그들은 타오르는 혁명의 혼불 가운데서도 가장 치열한 것 속에 침잠함으로써, 결코 인간의 도가니를 떠나지 않는다.

그들은 그곳에서 사지가 잘려나간 피조물을 발견하기도 하지만, 또한 거기서 자신들이 사랑하고 예찬하는 유일한 가치, 즉 인간과 자신의 침묵을 만나기도 한다. 이것이 그들이 겪는 가난이요, 동시에 그들이 간직하고 있는 부(富)이다. 다만 그들에게는 단 하나의 사치가 있으니, 바로 인간관계의 사치가 그것이다. 상처받기 쉬운 이 세계 속에서 인간적인 모든 것, 그리고 오직 그러한 모든 것만이 훨씬 더 뜨거운 어떤 의미를 갖는다는 것을 어찌 깨닫지 못한단 말인가? 긴장된 얼굴들, 위협받는 동지애, 인간과 인간 사이에 맺어지는 그토록 끈끈하고도 서로를 지극히 배려하는 우정, 이러한 것들은 소멸되기 쉬운 것이기에 그야말로 진정한 부에 다름 아니다. 바로 이러한 것들 가운데서 정신은 스스로의 힘과 한계, 다시 말해 정신의 유효성을 가장 잘 느낄 수 있게 된다. 어떤 이들은 천재를 운운했다. 그러나 너무 빨리 튀어나와 버리는 천재라는 말 대신 나는 차라리 지성을 택하고자 한다. 그리고 이때의 지성은 찬란한 것이라고 말해야 할 것 같다. 지성은 저 사막을 밝혀주고, 그곳을 지배한다. 지성은 자신의 예속적인 상황들을 알고 있고, 그것들을 예증한다. 지성은 이 육체와 동시에 죽음을 맞이하게 될 것이다. 그러나 그렇게 될 것임을 아는 데, 바로 지성의 자유가 있다.

모든 교회들이 우리를 적대시한다는 것을 우리가 모르는 바 아니다. 이토록 팽팽히 긴장된 마음은 영원을 회피하고 있고, 신을 섬기는 교회든 정치적인 의미에서의 교회든 할 것 없이 교회들은 하나같이 영원을 요구하고 있으니 말이다. 행복과 용기, 대가나 정의 같은 것들은 그들 교회의 입장에서 보자면 부차적인 목적일 뿐이다. 교회가 내세우고 있는 것은 바로 교의(敎義)로, 그것에 복종하지 않으면 안 된다. 그러나 나는 숱한 관념들이나 영원과는 아무런 관련이 없다. 내게 꼭 맞는 진리란 손으로 만져볼 수 있는 것들 뿐. 나는 이러한 진리들과 떨어질 수 없다. 그렇기 때문에 그대가 나를 근거 삼아서는 아무것도 세울 수 없는 것이다. 즉 정복자의 것이라고 영속되는 건 아무것도 없으며, 이는 심지어 정복자의 강고한 주장들마저도 그렇다.

이 모든 것의 끝에, 어쨌든 죽음이 있다. 우린 그것을 알고 있다. 우리는 죽음이 모든 것을 끝장내고 만다는 것도 알고 있다. 그렇기에 유럽 대륙을 뒤덮고 있는 저 묘지들, 우리들 중 몇몇 이들의 머리를 떠나지 않는 저 묘지들은 흉물스럽기만 하다. 우리는 우리가 사랑하는 것만을 아름답게 꾸미는 법인데, 죽음이란 우리에게 혐오감을 일으키고, 진저리치게 만들 뿐이다. 이런 죽음 또한 정복되어야 한다. 페스트로 말미암아 텅 비고, 베네치아 군인들에 의해 포위된 도시 파도바에 죄수의 몸으로 갇히고 말았던 최후의 카라라 영주는 황량한 궁전 이 방 저 방을 고함을 질러대며 돌아다니곤 했다고 한다. 그는 악마를 불러내, 죽음을 청했던 것이다. 하지만 이것은 죽음을 극복하는 한 방법이었던 셈이다. 수많은 장소들을 그토록 끔찍하게 만들어 죽음을 영광스러운 것으로 받아들이게 했던 것도 서구세계 특유의 용기가 남겨 놓은 또 하나의 흔적이라 하겠다. 반항하는 자의 세계에서, 죽음은 불의를 선동한다. 죽음이란 비할 데 없는 월권(越權)이다.

또 다른 이들도 역시나 타협하지 않고 영원을 택함으로써, 이 세상의 헛된 환상을 고발했다. 그들의 묘지는 수많은 꽃들과 새들에 둘러싸인 채 미소 짓고 있다. 정복자에게 어울릴법한 이러한 풍경은 그가 물리쳐낸 것이 무엇이었는지 그 선명한 이미지를 그에게 부여해준다. 그러나 정복자는 검은 쇠붙이로 허름하게 만든 무덤 주변 장식이나 이름 없는 구덩이를 택했다. 영원을 택한 사람들 중에서도 그나마 가장 나은 사람들은 자신의 죽음에 대해 이 같은 이미지를 간직하며 살아갈 수 있는 정신들 앞에서 간혹 경의와 연민 가득한 어떤 두려움을 느끼기도 한다. 그럼에도 이러한 정신의 소유자들은 바로 그런 모습에서 오히려 자신의 힘과 정당성을 이끌어낸다. 그러나 우리의 운명은 바로 우리와 마주해 있으며, 우리가 도

발하려는 상대도 바로 저 운명이다. 이는 오만해서가 아니라, 오히려 가망 없는 우리의 조건을 분명하게 의식하고 있기 때문에 가능한 인식이다. 우리 역시도, 때로는 우리 자신에 대해 연민을 느낀다. 그리고 이것이 우리가 받아들일 수 있을만한 유일한 동정심이다. 어쩌면 그대는 거의 이해하지도 못할, 그대가 보기엔 사내다운 기백이라곤 거의 없다고 여겨질 감정이겠지만. 그럼에도 불구하고 이러한 감정을 맛보는 자들은 우리들 중에서도 가장 대담한 사람들이다. 우리는 명철함을 지닌 자들을 사내답다고 부르기에, 우리 자신을 통찰과 결별시키고 마는 힘 따위는 원치 않는다.

다시 한 번 말해 두지만, 이상에서와 같은 여러 이미지들이 제안하고 있는 바는 이러저러한 윤리 도덕이 아닐 뿐 아니라, 어떤 판단을 강요하지도 않는다. 말하자면 그저 소묘들일 뿐이다. 이 소묘들은 단지 삶의 한 양식을 보여줄 따름이다. 연인, 배우, 혹은 모험가는 부조리를 연기한다. 그러나 정숙한 사람, 관리, 혹은 공화국의 대통령도 원하기만 하면 저들과 똑같이 할 수 있다. 아는 것만으로도, 그리고 아무것도 감추지 않는 것만으로도 충분하다. 이탈리아의 박물관들에 가보면, 때때로 사제들이 자신들 쪽으로는 단두대가 보이지 않도록 사형수의 얼굴 앞에 쳐놓았다던, 그림이 그려진 자그마한 가림막들을 찾아볼 수 있다. 그림 속 온갖 형태로 표현된 비약, 신 혹은 영원 속으로의 몰입, 일상적인 것 혹은 관념이 자아낸 환상들 속으로의 투신 등, 이 모든 가림막들은 부조리를 은폐하고 있다. 그러나 그중에는 가림막을 지참하지 않은 관리들도 있었으니, 나는 바로 그들에 관해 말해 볼까 한다.

나는 가장 극단적인 경우의 사람들을 선택했다. 여기서 부조리는 그들에게 왕에 버금가는 완전한 권한을 내준다. 사실 이들은 왕국을 소유하지 못한 왕자들일 뿐이다. 그러나 이들은 왕위가 한낱 환영에 불과하다는 사실을 알고 있기에 다른 사람들에 비하면 유리한 조건을 갖춘 셈이다. 그들은 알고 있으며, 바로 여기에 그들의 모든 위대함이 있기에, 이제껏 감춰져 왔던 불행이라든지 환멸의 잿더미 따위는 그들에게 운운해 봐야 소용없다. 희망을 빼앗겼다는 것이 절망을 뜻하는 것은 아니다. 대지의 불꽃들에도 천상의 향기 못지않은 가치가 있는 법. 나는 물론이고, 아무도 여기서 그들을 판단할 수는 없다. 그들은 더 나은 존재가 되려고 애쓰는 것이 아니라, 다만 일관되고자 노력할 뿐이다. 만일 현명하다는 표현이 갖고 있지도 않은 것에 편승하지 않고 지금 가진 것만으로 삶을 꾸려나가는 인간에게 적용될 수 있는 말이라면, 그들이야말로 현명한 사람들이라 하겠다. 그들 중 한 사람—가령 정신에 있어 정복자, 의식에 있어 돈 후안, 지성에 있어 배우—은 그것을 그 누구보다도 잘 알고 있다. 즉 "양처럼 온순한 마음을 제아무리 완벽한 경지에까지 이끌어 왔다 해도, 사람은 지상에서나 천상에서나 그 어떤 특권을 누릴 자격도 갖고 있지 않다. 다시 말해, 기껏 해야 볼품없고 우스꽝스러운 뿔 달린 양의 모습으로 계속 남아 있을 뿐, 그 이상은 아니라는 얘기다. 설령 허영심에 들뜨거나, 심판관 같은 태도로 인해 추문을 일으킨 적 없다 해도 말이다."

아무튼 부조리의 추론에 더욱 치열하고 열띤 얼굴들을 복원시킬 필요가 있었다. 상상력을 발휘해 본다면, 내일 없이도 나약해지지 않고, 세계의 척도에 맞추어 사는 법을 역시나 알고 있는, 시간과 적지에 얽매인 또 다른 수많은 얼굴들을 여기에 더해 볼 수 있을 것이다. 그때 신 없는 이 부조리의 세계는 분명하게 사유하되 더 이상 희망을 구걸하지 않는 사람들로 가득 차게 될 것이다. 그런데 나는 수많은 등장인물들 중에서도 가장 부조리한 인물, 즉 창조자에 관해 아직 언급하지 않았다.

부 조 리 한　창 조

철학과 소설

부조리라는 희박한 공기 속에서 유지되는 저 모든 삶들은 그 삶들에 힘껏 생기를 불어넣는 어떤 심오하고 일정한 사유 없이는 지탱될 수 없을 것이다. 여기서도 핵심은 역시나 충직함이라는 어떤 특이한 감정, 바로 그것일 수밖에 없다. 우리는 의식 있는 사람들이 더없이 어리석은 전쟁들 와중에도 스스로 자기모순에 빠지지 않고 저마다의 임무를 완수해내는 모습을 목격한 바 있다. 그 무엇도 모면하려고 들어선 안 된다는 것이 중요했기 때문이다. 이렇듯 어떤 형이상학적 행복은 세계의 부조리를 떠받치는 가운데 주어진다. 정복 혹은 연기, 헤아릴 수 없을 만큼의 무수한 사랑, 부조리한 반항, 이러한 것들은 진작에 패배한 야전에서 인간이 제자신의 존엄성에 바치는 경의에 다름 아니다.

다만 중요한 것은 전투의 규칙에 충실해야 한다는 점이다. 어떤 정신을 함양하는 데는 이 같은 생각만으로도 충분하다. 실로 이러한 생각은 이미 수많은 문명들을 지탱해 왔고, 또 지금도 지탱하고 있다. 전쟁을 부정하진 못한다. 전쟁으로 죽든가, 아니면 전쟁으로 살든가 그 뿐이다. 이것은 부조리에 있어서도 마찬가지다. 다만 중요한 것은 부조리와 더불어 호흡하고, 그것이 주는 교훈들을 알아보고, 그 교훈들의 맨살을 다시 발견해내는 일이다. 이러한 견지에서 전형적인 부조리의 기쁨은 창조에 있다. "예술, 그것이 아니고선 아무것도 아닌 오직 예술, 우리는 결코 진리로써 죽지 않기 위해 예술을 갖는다."라고 니체는 말한바 있다.

내가 여러 방식들에 기대어 묘사하고 또 느끼게 해주려는 경험에 있어서, 하나의 고뇌가 사그라지는 지점에서 또 다른 고뇌가 솟아오른다는 것은 분명한 사실인 것 같다. 어리석게도 망각을 추구하거나, 보상을 호소해 봐야 더 이상 아무런 메아리도 되돌아오지 않는다. 그러나 이 세계와 맞대면하고 있는 인간을 지탱하는 저 한결같은 긴장, 인간으로 하여금 모든 것을 다 맞아들일 수 있게 하는 저 정연한 열광만큼은 인간에게 또 다른 열기를 남겨놓는다. 이 때 이 세계 안에서 작품은 인간의 의식을 지탱하고, 그 의식의 온갖 모험들을 고정시켜내는 절호의 기회가 된다. 창조한다는 것, 그것은 두 번

사는 것이다. 프루스트 같은 사람이 더듬더듬 찾아나가는 저 불안한 탐색하며, 꽃들과 태피스트리들과 무수한 고뇌들에 대한 세밀한 수집은 다른 그 무엇을 의미하는 것이 아니다. 그러나 동시에 이러한 수집이 배우, 정복자, 그리고 모든 부조리의 인간들이 하루하루의 일상에서 전념하고 있는 창조, 부단히 계속되고 헤아릴 수 없이 미세한 창조 그 이상의 중요성을 갖는 것도 아니다. 모두가 저마다의 현실을 흉내 내고, 반복하고, 다시 창조해내려고 애쓴다. 이렇듯 우리는 언제나 우리 자신의 수많은 진실들로 이루어진 얼굴을 갖는다. 영원을 등진 인간에게 완전한 실존이란 부조리라는 가면 아래서 벌어지는, 도저히 측정할 길 없는 마임일 뿐이다. 창조, 그것은 위대한 마임이다.

이들은 먼저 알고자 하며, 그리고 난 뒤에야 모든 노력이 이제 막 다가서게 된 내일 없는 섬을 두루 돌아다녀 보고, 확대해 보고, 풍요롭게 만드는 일에 바쳐진다. 그러나 우선은 알아야 한다. 왜냐하면 부조리의 발견이란 수많은 미래의 열정들이 생성되고 또 정당화되는 어떤 정지의 순간과 동시에 이루어지는 것이기 때문이다. 복음을 갖지 못한 자들에게도 그들만의 올리브나무 동산이 있는 법. 그들의 올리브나무 동산 위에서도 역시나 잠들어서는 안 된다. 부조리의 인간에게 중요한 것은 설명하고 해결하는 것이 아니라, 실감하고, 묘사하는 일이다. 모든 것은 명철하게 통찰할 수 있는 무관심에서 시작된다.

묘사하는 것, 이것이야말로 부조리의 사유 최종의 야망이다. 과학 역시도 숱한 역설들이 극한에 이르면 제안을 멈추고, 여러 현상들이 빚어낸 순결한 풍경을 관조하고 그려내는 데 주의를 기울인다. 이렇듯 우리의 가슴은, 이 세계의 여러 얼굴들 앞에 우리 자신을 옮겨다 놓는 저 감동이 그 심오함 때문이 아니라, 그 다양성에서 비롯된다는 사실을 깨닫는다. 설명은 헛되지만 감각은 남는바, 결국 이 감각과 더불어 양적으로도 엄청나고 결코 고갈되지 않을 어떤 세계의 끊임없는 부름이 울려 퍼진다. 바로 여기서 우리는 예술 작품이 차지하는 자리가 무엇인지 이해하게 된다.

예술 작품은 어떤 체험의 죽음과 그 증식을 한꺼번에 보여준다. 예술작품은 이 세계가 오케스트라처럼 이미 짜 맞추어 놓은 무수한 테마들의 단조롭고도 열정적인 어떤 반복과도 같다. 가령 사원들의 합각에 새겨진 무궁무진한 이미지들에 다름 아닌 육체, 갖가지 형태들 혹은 빛깔들, 조화(調和) 혹은 비탄과 같은 테마들 말이다. 그러므로 최종적으로, 본 시론이 언급한 여러 주요 테마들을 창조자의 찬란하고도 천진한 세계 속에서 재확인해 보는 것은 그리 무의미한 일이 아닐 것이다. 그렇다고 거기서 어떤 상징을 읽어낸다거나 예술 작품을 부조리의 한 피난처로 삼을 수 있다고 믿는다면 잘못이다. 예술 작품은 그 자체가 부조리의 한 현상인바, 오직 그에 대한 묘사가 중요하다. 예술 작품이 정신이 앓고 있는 병에 어떤 해결책을 제공해 주진 않는다. 오히려 그 반대로 예술 작품은 한 인간의 사고 전체에서 반향 되는, 정신이 앓고 있는 병의 여러 징조들 중 하나일 뿐이다. 그러나 예술 작품은 정신을 처음으로 정신 그 자체로부터 빠져나오게끔 만들어 타자 앞에 대면시키기에, 정신으로 하여금 갈피를 못 잡게 하기 보다는, 우리 모두가 연루되어 있는 출구 없는 길을 손가락으로 정확히 집어 가리켜준다. 부조리의 추론 단계에서 창조란 무관심과 발견 뒤에 오는 것. 예술작품은 부조리한 열정들이 제 몸을 던져 내닫는 지점, 그리고 추론이 멈추는 지점을 가리키고 있다. 본 시론에서 창조의 위상이라면 이 같은 측면에서 정당성을 확보한다.

부조리에 연루된 사유의 온갖 모순들이 예술 작품 속에서 어떻게 나타나고 있는지 확인하기 위해서는 창조자와 사상가에게 공통된 몇몇 테마들을 밝혀내는 것이면 충분할 것 같다. 실상 서로 다른 지성들이 모종의 혈연관계를 이루게 되는 것은 동일한 결론보다는 오히려 그들에게 공통된 모순들 때문이다. 사유와 창조의 경우도 마찬가지다. 굳이 말할 필요가 있겠냐마는 인간이 이러한 태도들을 취하도록 밀어붙이고 있는 것은 어떤 동일한 고뇌다. 이 같은 태도들이 그 출발에서부터 일치되는 까닭도 바로 그 때문이다. 그러나 내가 목격한 바로는 부조리에서 연원한 모든 사유들 가운데 부조리 안에서 그 본령을 지켜냈던 사유는 극소수에 불과하다. 오히려 그렇기 때문에 나는 대다수 사유들이 보여준 일탈이나 배반들에서 오직 부조리에만 해당하는 것을 가장 잘 평가해 볼 수 있었다. 그런데 이러한 평가와 병행하여 이렇게 자문해 보지 않을 수 없다. 과연 부조리의 작품이란 게 가능하긴 하단 말인가?

오랫동안 예술과 철학을 대립시켜온 관념의 자의적인 양상은 아무리 강조해도 지나치지 않을 것이다. 만일 이러한 대립관계를 과하다 싶을 정도로 엄밀한 의미에서 이해해본다면, 분명 그것은 거짓이다. 그러나 이 두 학문분야가 각기 고유한 풍토를 지니고 있다는 식으로 말한다면, 분명 참이긴 해도, 막연한 정도에 그친다. 유일하게 수긍할 만한 입론이라면 자신의 사유체계 '한복판에' 갇혀 있는 철학자와 자신의 작품 '앞에' 자리하고 있는 예술가 사이에서 제기되는 모순 속에서 찾아볼 수 있다. 다만 이 같은 논거는 우리가 부차적인 것으로 간주하고 있는 모종의 예술 및 철학에서나 유효하다. 어떤 예술 작품을 그 창조자와 유리된 것으로 바라보는 관념은 단순히 시대에 뒤떨어진 것만이 아니다. 그것은 거짓이기도 하다. 혹자는 예술가와는 달리, 그 어떤 철학자도 혼자서 여러 사유체계를 세운 전례가 없다고 지적한다. 그러나 그 어떤 예술가도 상이한 여러 형태들 이면에 결국 하나 이상을 표현해내지는 못한다는 식으로 바라본다면 이런 지적은 참이 될 것이다. 예술의 찰나적 완벽성이랄지, 그 갱신의 필요성과 같은 생각들은 오직 편견을 갖고 바라볼 때에만 옳은 말이 될 것이다. 왜냐하면 예술 작품 역시도 하나의 구성일 뿐이고, 우리들 각자는 위대한 창조자들이 얼마나 천편일률적일 수 있는지 잘 알고 있기 때문이다. 사상가와 똑같은 이유에서 예술가도 자신의 작품 속에 관여되고, 작품 속에서 점차 그 자신이 되어간다. 이러한 상호 침투현상은 여러 미학적 문제들 중에서도 가장 중요한 문제를 제기하고 있다. 더구나 정신이 겨냥하는 목표의 단일성을 확신하고 있는 사람 입장에서 보자면, 방법론과 대상에 따라 나누는 이런 식의 구별들만큼 쓸데없는 것도 없다. 이해하고 또 사랑하기 위해 인간이 계획해 놓은 학문 분야들 사이에 경계란 있을 수 없다. 그것들은 상호 침투하고, 동일한 고뇌로 말미암아 한데 뒤섞인다.

이 점은 시작부터 언급해 둘 필요가 있다. 부조리의 작품이 가능해지기 위해서는 가장 명철한 형태로 된 사고가 그 작품 속에 혼입되어야 한다. 그러나 동시에 사고는 질서를 부여하는 지성의 형태가 아니라면 작품 속에서 겉으로 드러나서는 안 된다. 이 역설은 부조리라는 관점에서 바라볼 때 해명된다. 예술 작품은 지성이 구체적인 것을 이성적으로 따져보기를 포기하는 바로 그 지점에서 탄생한다. 예술 작품은 곧 육체적인 것의 승리를 가리킨다. 작품을 촉발시키는 것은 명철한 사고지만, 그 행위 안에서 사고는 스스로를 포기하고 있으니 말이다. 이 때 사고는 한층 더 심오한 의미를 쓸데없이 덧붙여 보라는 유혹에 넘어가지 않을 것인데, 스스로도 그런 의미가 온당치 않다는 것을 알고 있기 때문이다. 예술 작품은 지성의 드라마를 구현해내지만, 단 그것을 간접적으로만 증명할 뿐이다. 부조리의 작품은 이런 한계들을 의식하는 예술가, 구체적인 것이라면 그 자체 뿐, 그 이상의 의미를 갖지 않는 그러한 예술을 요구한다. 예술 작품이 어떤 인생의 목적, 의미, 위안일 수는 없다. 창조하든 혹은 창조하지 않든 달라지는 건 아무것도 없다. 부조리한 창조자는 자신의 작품에 집착하지 않는다. 그는 자신의 작품을 포기할 수도 있다. 그리고 때론 실제로 포기하기도 한다. 아비시니아 같은 곳을 떠올리는 것만으로도 포기는 충분히 가능한 일이니 말이다.

동시에 우리는 여기서 어떤 미학적 규칙을 확인해 볼 수 있다. 진정한 예술 작품이란 항상 인간적인 척도에 상응한다. 진정한 예술 작품은 본질적으로 '적게' 말하는 작품이다. 한 예술가의 총체적인 경험과 그 경험을 반영하는 작품 사이, 가령 『빌헬름 마이스터Wilhelm Meister』와 괴테의 원숙함 사이에는 모종의 관계가 있다. 장황한 설명조의 문학에서 볼 수 있듯, 작품이 화려한 레이스로 장식된 종이 위에다 작가의 경험 일체를 기술하려 들 때, 이 관계는 나빠진다. 한편 작품이 경험에서 재단해낸 한 조각, 내면의 광채가 제함됨 없이 집약된 다이아몬드의 한 결정면에 불과하다면, 이 관계는 좋은 것이다. 첫 번째의 경우, 영원한 것에 대한 불필요한 과잉과 의도가 담기게 된다. 반면 두 번째의 경우는 우리가 그 풍요로움을 짐작할 수 있는 작가 개인의 경험이 온통 암시되어 있기에 작품은 풍요로워진다. 부조리의 예술가에게 중요한 문제는 단순한 기량 이상의 삶의 지혜를 터득해내는 데 있다. 결국 이런 풍토 하에 놓고 봤을 때, 위대한 예술가란 그 무엇보다도 삶을 살아낸 위대한 자요, 이때 살아낸다는 것은 깊이 사유하는 것 못지않게 생생하게 경험하는 것으로 이해되어야 할 것이다. 따라서 작품이란 지성의 드라마를 구현해내는 것이라 하겠다. 부조리의 작품은, 사고가 본연의 위엄을 포기한 채, 오직 지성만으로 외양들을 공정해내고 하등의 존재 이유 없는 것을 이미지로 채워나가는 과정을 생생하게 예증한다. 만일 세계가 명료하다면, 예술은 존재하지도 않으리라.

여기서 나는 찬란하고 간소한 묘사만 군림하는 형태예술 혹은 색채예술에 관해 말하고 있는 것이 아니다.[17] 표현은 사유가 끝나는 곳에서 시작된다. 사원이나 박물관을 가득 메우고 있는 저 텅 빈 두 눈의 청년 조각상들, 사람들은 자신들의 철학을 조각상의 갖가지 몸짓에 새겨 넣어 두었다. 부조리의 인간에게 있어서, 이러한 철학은 세상의 모든 도서관들보다

---

17 실로 흥미로운 사실은 수많은 회화들 중에서도 가장 지적인 회화, 즉 현실을 그 본질적 요소들로 환원시키고자 했던 회화가 궁극에는 눈요기의 즐거움 이외엔 아무것도 아니게 되어 버리는 일을 목격할 때가 있다는 것이다. 이런 회화는 세계로부터 오직 색채만을 취해 간직하고 있을 뿐이다.

도 더 많은 것을 가르쳐준다. 또 다른 면에서 보자면, 음악의 경우도 마찬가지다. 만일 어떤 예술에 교훈이 빠져 있다면, 바로 음악이 그럴 것이다. 수학의 무상성을 빌려 오지 않았다 하기엔 음악은 너무나도 수학을 빼닮았다. 합의되고 계측된 여러 법칙들에 따라 정신이 제 자신과 벌이는 이 유희는 바로 우리의 것인 이 반향의 공간 속에서 펼쳐지지만, 그 떨림들은 우리의 공간 너머 어떤 비인간적인 우주 안에서 서로 마주친 다. 이보다 더 순수한 감각은 없다. 이런 예들은 너무나도 이 해하기 쉬운 것들이다. 다만 부조리의 인간은 이 같은 조화들 과 형식들을 바로 자신의 것으로 알아본다.

그러나 여기서 나는 여전히 설명의 유혹이 가장 크게 남아 있고, 환영이 환영 그 자체를 기획하며, 거의 빠짐없이 결론 이 뒤따르게 되는 어떤 작품에 관해 이야기하려 한다. 즉 소 설의 창작을 말하고 싶은 것이다. 부조리가 그 안에서 잘 버 텨낼 수 있을지는 두고 볼 일이다.

사유한다는 것, 그것은 무엇보다도 먼저 하나의 세계를 창 조하길 원한다는 것이다. (혹은 결국 같은 말이지만, 자신의 세계를 한정짓길 원한다는 것이다.) 또한 그것은 인간을 자 신의 경험으로부터 분리시키는 근원적인 모순으로부터 출발 하여, 저마다의 향수로 이루어진 합의의 영토를, 저 견딜 수 없는 절연상태를 해소시켜줄 어떤 세계를, 숱한 이성에 옥죄여 있거나 혹은 유사한 점들로 인해 해명되는 어떤 세계를 발견한다는 것을 의미한다. 철학자는, 설령 그가 칸트일지라도, 창조자다. 철학자는 자신만의 등장인물들과 자신만의 상징들과 자신만의 내밀한 행위들을 갖고 있다. 그는 자신만의 대단원을 갖는다. 이와 반대로 시와 에세이에 비해 소설이 점하고 있는 우위라면 소설이 그 겉모습과는 다르게 예술에 있어서 보다 위대한 어떤 지성화의 과정을 보여주기 때문이다. 다만 우리가 무엇을 이야기하고 있는지 제대로 이해하시라, 여기서 말하고 있는 작품은 특히나 가장 위대한 작품들의 경우에 한해서다. 어느 한 장르의 비옥함과 위대함은 종종 그곳에서 발견되는 쓰레기에서 가늠되는 법. 조악한 소설들이 많다고 해서 가장 훌륭한 소설들의 위대함을 잊어서는 안 된다. 마침 이 가장 훌륭한 소설들은 그 자체에 자신들의 고유한 세계를 지니고 있다. 소설은 자체의 논리와 추론들, 그리고 나름의 직관과 가설들을 갖고 있다. 또한 명료함에 대한 나름의 요구도 갖고 있다.[18]

---

18 이 문제를 곰곰이 생각해 보기 바란다. 가장 나쁜 소설들이 어떤 것인지 설명해 주고 있으니 말이다. 거의 모든 사람들은 자신이 사유할 수 있다고 믿고 있고, 또한 잘하든 못하든 차이는 있을지언정 어느 정도는 실질적으로 사유하고 있다. 반면, 자신이 시인 혹은 문장가라고 자처할 수 있는 사람은 극소수에 불과하다. 그런데 대중이 소설에 난입하게 된 것은 바로 문체보다 사유가 더 중요하게 여겨지게 된 때부터였다.

이러한 현상이 흔히들 말하는 것만큼 그리 심각하게 잘못된 것은 아니다. 다만 더없이 훌륭한 이들은 자신에 대해 더 많은 엄격함을 요구하는 쪽으로 나아간다. 오히려 이것을 견디지 못하고 굴복하는 사람이야말로 애당초 살아남을 자격이 없었던 것이다.

앞서 내가 언급한 전통적인 대립방식은 이 특수한 경우에서는 타당성이 떨어진다. 이런 식의 대립은 철학을 그 창안자로부터 분리시켜 생각하는 일이 용이했던 시대에나 유효한 것이었다. 사유가 더 이상 보편적인 것을 표방할 수 없게 되고, 또 어쩌면 수정의 역사가 가장 훌륭한 역사로 이해되고 있는지도 모르는 오늘날, 하나의 사유체계란, 더구나 그것이 가치 있는 경우라면, 그것을 창조해낸 창안자와 분리시켜 생각할 수 없다는 것을 우리는 알고 있다. 어떤 면에서 보면 『윤리학』 자체도 하나의 길고도 엄격한 자기 고백일 뿐이다. 추상적 사고가 마침내 그 실현매체인 육신과 합쳐진 것이니 말이다. 마찬가지로 육체와 정념들 상호간에 빚어지는 소설적 유희 역시 어떤 세계관이 요청되느냐에 따라 좀 더 정돈된다. 그들은 이제 더 이상 단순히 '이야기'를 전하는 것이 아니라, 자신만의 우주를 창조해낸다. 위대한 소설가들이란 철학적 소설가, 다시 말해 경향소설가의 반대를 뜻한다. 이런 소설가들의 몇몇 예로는, 발자크, 사드, 멜빌, 스탕달, 도스토옙스키, 프루스트, 말로, 카프카 등을 꼽아 볼 수 있다.

그러나 추론에 입각하기보다는 오히려 이미지로 글쓰기를 선택했던 그들의 기획은 바로 자신들에게 공통된 어떤 생각, 즉 일체의 설명적 원리의 무용함을 확신하고, 감각적 외관이 부여하는 교훈적 메시지에 대한 확고한 믿음을 드러내는 데 있다. 그들은 작품을 끝이자 시작이라고 생각한다. 많은 경우에 있어서 작품은 미처 표명되지 못한 어떤 철학의 귀착점이요, 그 예증이자, 그 완성이다. 그러나 작품은 이러한 철학의 표명되지 않는 숱한 암시들을 통해서만 완전해진다. 결국 작품은, 얕은 사유라면 삶과 유리되게 하지만 깊은 사유라면 삶에게로 다시 데려다줄, 어떤 오랜 주제를 다루는 이본(異本) 형식에 정당성을 부여한다. 현실을 승화시킬 수 없는 사유는 현실을 모방하기에 그친다. 그러나 여기서 문제 삼고 있는 소설은 상대적이지만 결코 고갈되지 않는 인식, 흡사 사랑의 인식과 너무나도 닮아 있는 그런 인식의 도구를 뜻한다. 사랑에서와 마찬가지로, 소설적 창조는 최초의 경이와 풍요로운 반추를 지니고 있다.

적어도 내가 소설적 창조에서 처음부터 알아본 것은 불가사의한 매력들이었다. 나는 저 모욕당한 사유의 대가들에게서도 그런 매력들을 알아보곤 했지만, 곧이어 나는 그들의 자살을 지켜봐야만 했다. 마침 나의 관심사는 환상이라는 공통된 길쪽으로 그들을 다시 되돌려 놓는 힘이 무엇인지 알아내고 서술하는 데 있다. 따라서 이 동일한 방법은 여기서도 내게 도움이 되어 줄 것이다. 앞서 이미 그런 방법을 사용했던바, 그 경험은 나의 추론을 단축시켜줄 뿐 아니라, 추론 자체를 한 가지 적확한 예를 통해 지체 없이 요약할 수 있도록 해줄 것이다. 내가 알고 싶은 것은, 구원에 호소하지 않은 채 살

아가기로 한 사람이 역시나 구원에 호소하지 않고 일하고 창
조하는 것이 가능한 일인지, 만일 그렇다면 그런 자유에 이르
게 하는 길이 과연 어떤 것인지 하는 점이다. 나는 나의 세계
를 저 망령들에게서 해방시키되, 내 도저히 그 현존을 부정할
수 없는 육신의 진리들만으로 나의 세계를 채우고 싶은 것이
다. 나는 얼마든지 부조리한 작품을 만들 수 있고, 다른 어떤
태도보다도 창조적인 태도를 택할 수 있다. 그러나 어떤 부조
리의 태도가 부조리의 상태로 남아 있기 위해서는 그 무상성
(無償性)을 의식하고 있어야만 한다. 이는 작품의 경우도 마찬
가지다. 만일 작품 속에서 부조리의 계율들이 준수되지 않는
다면, 또한 그 작품이 절연과 반항을 조명하지 못한다면, 그
리하여 작품이 환상의 제물이 되어 희망을 부추긴다면, 그것
은 더 이상 무상의 것이라 할 수 없을 것이다. 이렇게 되면 나
는 더 이상 작품과 떨어질 수 없게 된다. 나의 삶이야 거기서
어떤 의미를 찾아내기도 할 테지만, 이는 가소로운 일이 아닐
수 없다. 그런 작품은 더 이상 한 인생의 찬란함과 무용함을
완성시켜 주는 초연함과 열정의 실천이 아니기 때문이다.

   설명하고 싶은 유혹이 가장 강렬하게 나타나는 창조행위
에서, 과연 우리는 이 유혹을 극복할 수 있을까? 현실 세계에
대한 의식이 가장 강력하게 나타나는 이 허구의 세계 안에서,
과연 나는 결론을 내고 싶은 욕망에 희생당하지 않고 부조리
에 충실할 수 있을까? 이런 문제들이야말로 마지막 남은 힘

을 다해 검토해 보아야 할 것들이다. 이 문제들이 무엇을 의미하는지는 이미 이해한 바 있다. 다만 이는 궁극의 환상을 이루려다 애초의 난해한 가르침을 저버리지나 않을까 두려워하는 의식의 마지막 망설임들에 다름 아니다. 부조리를 의식하는 인간이 취할 수 있는 여러 태도들 중 '하나'로 고려된 이 창조행위에서 가치 있는 것이라면 인간에게 주어지는 모든 삶의 양식들에 대해서도 유효할 터. 정복자나 배우, 창조자나 돈 후안이라면 특유의 기상천외한 성격을 의식하지 않고서는 삶의 행위가 계속될 수 없다는 사실을 잊고 살아갈 수도 있으리라. 그러나 사람은 너무나도 빨리 습관에 길들여진다. 행복하게 살기 위해 돈을 벌고 싶어 하는 것인데, 하나뿐인 인생의 모든 노력과 최상의 몫은 돈벌이에만 집중된다. 행복은 잊혀지고, 수단이 곧 목적이 되고 마는 것이다. 마찬가지에서 저 정복자의 모든 노력도 그저 더 큰 삶으로 향하는 길에 불과했던 야망 쪽으로 비껴가려 하고 있다. 돈 후안도 그 나름대로 자신의 운명에 동의하게 되어, 실존이란 오직 반항을 통해서만 위대한 가치를 지니는 것임에도 운명에 동의하는 현실에 안주하려 하고 있다. 한 경우는 의식이, 다른 한 경우는 반항이 문제일 터, 그러나 이 두 경우 모두 부조리는 실종되고 없다. 이렇듯 사람의 마음에는 집요하게 되살아나는 수많은 희망들이 있다. 때로는 모든 것을 박탈당해 더없이 헐벗게 된 사람들이 기어이 환상에 동의하기도 한다. 평화를 향한 갈망이 사주한 끝에 이루어지는 이 같은 찬동은 실존적 동의의 내면적 형제인 셈이다. 이런 식으로 빛의 제신들과 진흙의 우상들은 생겨난다. 그러나 우리가 찾아야 할 것은 인간의 얼굴들로 인도해줄 중간의 길이다.

지금까지 부조리의 요청이 무엇인지에 관해 우리에게 가장 잘 가르쳐준 것은 바로 그 요청에 부응하지 못한 여러 실패의 사례들이었다. 같은 방식에서, 소설적 창조가 몇몇 철학들과 똑같이 모호함을 자아낼 수 있다는 사실을 깨닫는 것만으로도 우리에겐 충분한 경고가 되어 줄 것이다. 그러니 이제 부조리에 대한 의식을 표지하고, 그러한 모든 것이 한 데 모여 있을 법한 작품, 그 출발이 비교적 분명하고 그 풍토가 명료할 것 같은 작품 하나를 나의 예증으로 선택하는 일이 가능해졌다. 그 작품의 귀결들은 우리에게 어떤 가르침을 주게 될 것이다. 만일 작품 속에서 부조리가 존중되지 않고 있다면, 우리는 어느 사면(斜面)을 타고 환상이 유입된 것인지 알 수 있을 것이다. 그 순간에는 하나의 정확한 예, 하나의 주제, 창조자의 성실성이면 충분할 것이다. 이는 앞서 이미 길게 진행해 왔던 것과 동일한 분석방식이기도 하다.

나는 도스토옙스키가 즐겨 다뤘던 주제 하나를 살펴보려 한다. 물론 다른 작품들을 살펴볼 수도 있었다.[19] 그러나 그의 작품에서는, 앞서 관련지어 본 바 있는 실존 사상들의 경우에서와 마찬가지로, 부조리의 문제가 위대함과 감동이라는 방향에서 직접적으로 다루어지고 있다. 이런 대응관계는 내가 달성하려는 목적에 이바지하게 될 것이다.

---

19 예를 들면 말로의 작품. 그러나 부조리의 사유가 피해 갈 수 없는 사회적 문제를 동시에 다루어야만 했을 것이다(물론 부조리의 사유가 내놓는 해결책이란 여러 개가 될 수도 있고, 또 매우 상이할 수도 있지만). 그럼에도 불구하고 일정 정도 제한을 두지 않을 수 없다.

키릴로프

  도스토옙스키의 모든 주인공들은 인생의 의미에 대해 자문한다. 바로 이 점에서 그들은 근대적이다. 즉 그들은 어리석은 짓을 두려워하지 않는 것이다. 근대적 감수성과 고전적 감수성의 구별은 후자가 도덕적 문제들에 몰두하는 데 비해 전자는 형이상학적 문제들을 통해 함양된다는 데 있다. 도스토옙스키의 소설들에서 문제는 극단적인 해결책들을 개입시킬 수밖에 없을 정도로 너무나도 강력하게 제기된다. 실존이란 허망한 것이거나 '아니면' 영원한 것, 둘 중 하나라는 식으로 말이다. 만일 도스토옙스키가 이런 검토에만 그쳤다면, 그는 철학자가 되었을 것이다. 그러나 정신의 이 같은 유희들이 인간의 삶 속에서 드러나는 그 귀결들을 조명하고 있는바, 이 점에서 그는 예술가다. 이러한 귀결들 가운데서도 그의 마음을 사로잡았던 마지막 귀결이라면 그 자신이 『어느 작가의 일기Journal d'un Ecrivain』에서 논리적 자살이라 일컬었던 바로 그 귀결이라 하겠다. 실제로 그는 1876년 12월분 일기에서 '논리적 자살'에 대한 추론을 가정하고 있다. 불멸에 대한 믿음이 없는 사람에게 인간적 실존이란 곧 완벽한 부조리라는 확신에 이르게 되자, 절망에 빠진 그는 다음과 같은 결론들에 도달한다.

"행복에 관한 나의 질의들과 관련하여, 나의 의식의 중재로 내려진 답변 속에서, 나는 내 자신이 생각해낼 수도, 또 앞으로 결코 이해 상태에 이를 수도 없을 저 거대한 전체와의 조화 속에서가 아니라면 결코 행복해질 수 없음을 선고 받았기에, 따라서 분명한 것은……."

"결국 사정이 이러한바, 원고의 역할과 변호인의 역할, 피고와 재판관의 역할을 한꺼번에 담당하게 된 나로선, 자연 측에서 저질러 놓은 이 연극이 너무나도 어처구니없을뿐더러, 더구나 내 쪽에서 이 연극을 한 번 해보겠노라 받아들이는 일 또한 굴욕적이라고 판단되기에……."

"원고인 동시에 변호인, 재판관인 동시에 피고라는 명명백백한 자격으로, 그토록 파렴치하고 뻔뻔스럽게 나를 세상에 태어나게 하고, 고통을 감수하게 만든 저 자연을 내 단죄하는 바, 나는 자연이 나와 함께 소멸할 것을 선고하노라."

이러한 입장에 아직까진 약간의 유머가 곁들여져있다. 이 자살자는 형이상학적인 차원에서 '자존심이 상했기 때문에' 자신의 목숨을 끊었던 것이다. 어떤 의미에서 그는 복수를 하고 있는 셈이다. 이는 '네 맘대로 되진 않을 테다'라는 일상의 표현을 실제로 증명해 보인 그만의 방식이겠다. 하지만 우리는 이 똑같은 테마가 역시나 논리적 자살의 지지자인 『악령 _Possédés_』의 등장인물 키릴로프에게서 가장 놀라운 차원으로 확장되고 구현되고 있다는 사실을 알고 있다. 기사(技士) 키릴로프는 어디에선가, 스스로 목숨을 끊으려는 것은 '그것이 곧 내 생각'이기 때문이라고 고백한다. 여기서 그가 했던 말을 글자 그대로 받아들여야 함은 물론이다. 그가 스스로 자신의 죽음을 준비했던 것은 어떤 소신, 하나의 사상을 위해서였다. 이는 한층 더 고차원적인 자살에 속한다. 키릴로프의 가면이 조금씩 밝혀지는 장면 장면을 거치면서, 점차 그를 추동하는 치명적인 사상이 우리에게 전달된다. 실제로 기사 키릴로프는 『어느 작가의 일기』에 나오는 추론들을 되풀이하고 있다. 그는 신이 필요하다는 것, 그리고 신이 존재하지 않으면 안 된다고 느끼고 있는 것이다. 그러나 신은 존재하지 않고, 또 존재할 수도 없다는 것을 그는 알고 있다. 해서 그는 이렇게 외친다. "이것만으로도 자살할 충분한 이유가 된다는 것을 어찌하여 그대는 깨닫지 못한단 말인가?" 나아가 그가 내보인 이 같은 태도는 부조리의 귀결들 중 몇 가지를 더 초래하게 된다. 그는 자신이 경멸하는 어떤 대의에 자신의 자살이 이용되어도 무관심하게 받아들이는 것이다. "오늘 밤, 나는 아무래도 상관없다고 마음먹었다." 결국 그는 반항과 자유가 뒤섞인 어떤 감정 속에서 자신의 행동을 준비한다. "나는 나의 불복종, 나의 새롭고도 무시무시한 자유를 표명하기 위해 자살할 것이다." 그런데 문제는 이제 더 이상 복수가 아니라 반항이라는 점이다. 고로 키릴로프는—그가 자살한다는 사실이 판단을 유보해야 하는 근본적인 사항이긴 해도—부조리한 인물이다. 다만 그는 이러한 모순을 설명함으로써, 결과적으로는 그와 동시에 지극히 순수한 상태에서의 부조리의 비밀을 들춰내고 있다. 실제로 그는 자신이 설명하는 죽음의 논리에 범상치 않은 야심 하나를 덧붙이고 있는데, 이 야심이야말로 이 인물의 전모를 알게 해준다. 즉 그는 신이 되기 위해 자살하려는 것이다.

이러한 추론에는 고전적 명료함이 있다. 만일 신이 존재하지 않는다면, 키릴로프는 신이다. 만일 신이 존재하지 않는다면, 키릴로프는 자살해야 한다. 고로 키릴로프는 신이 되기 위해 자살해야만 한다. 이런 식의 논리는 부조리하긴 해도 반드시 필요한 것이기도 하다. 하지만 흥미로운 것은 지상으로 끌어내린 이 신성에 어떤 의미를 부여할 것인가라는 점이다. 결국 이 문제는 '만일 신이 존재하지 않는다면, 내가 신이다.'라는 여전히 모호하기만 한 전제를 해명하는 일로 귀착될 것이기 때문이다. 우선은 이러한 비상식적인 주장을 표방하는 사람도 여지없이 이 세상 사람이라는 사실을 지적해두는 일이 중요할 것 같다. 그는 건강관리를 위해 매일 아침 체조를 한다. 그는 아내와의 재회로 기뻐하는 샤토프의 모습에 감동한다. 그는 자신이 죽은 후에 사람들이 발견하게 될 종이 위에 '그들을' 비웃는 얼굴을 그려놓고 싶어 한다. 그는 유치하면서도 성마르고, 열정적인가 하면, 체계적이고 예민하다. 그는 논리와 고정관념에 있어서만 초인적인 면모를 보일 뿐, 이외의 모든 능력은 한낱 범인(凡人)에 속한다. 그런데 그런 그가 태연하게 자신의 신성에 관해 말하고 있는 것이다. 그는 광인이 아니다, 그게 아니라면 도스토옙스키가 광인일 터. 따라서 그를 불안스럽게 뒤흔들어 놓는 것은 과대망상증 환자의 환상이 아니다. 이 말들을 글자 그대로 받아들인다면 이번엔 그야말로 우스꽝스러워지는 수가 있다.

이 상황을 더욱 잘 이해할 수 있도록 도와주는 것은 키릴로프 그 자신이다. 스타브로긴의 물음에 답하면서 그는 자신이 인간인-신(dieu-homme)에 대해 말하고 있는 게 아니라는 점을 분명히 한다. 혹자는 이런 표현이 자신과 그리스도를 구별 지어 주려는 그의 배려에서 비롯된 것이라고 생각할 수도 있을 것이다. 그러나 실상 그것은 그리스도를 병합해내기 위해 사용된 표현이다. 실제로 한동안 키릴로프는 죽어가는 예수가 '천국으로 되돌아간 것이 아니다'라고 상상한다. 그때 그는 그리스도의 수난이 쓸모없는 것이었음을 알게 된다. 해서 기사 키릴로프는 "자연의 법칙들이 그리스도를 거짓 가운데 살게 하고, 거짓된 것을 위해 죽게 만들었다."고 말하고 있는 것이다. 오직 이러한 의미에서만, 예수는 인간적 드라마 일체를 훌륭하게 체현해낸 인물이라 할 수 있다. 예수는 가장 부조리한 조건을 실현해낸 인간이기에 완전한 인간이다. 그는 인간인-신이 아니라, 신인-인간(homme-dieu)인 것이다. 그리고 예수와 마찬가지로 우리들 한 사람 한 사람도 십자가에 못 박히고 기만당할 수 있으며, 또 어느 정도는 그렇게 되고 있기도 하다.

그러므로 여기서 문제 되는 신성은 전적으로 지상에 속하는 것이다. "나는 삼 년 동안 나의 신성의 속성이 무엇인지 찾아내려 했고, 결국 나는 발견해냈다. 나의 신성의 속성이라면 바로 독립이다."라고 키릴로프는 말한다. 여기서 우리는 '만일 신이 존재하지 않는다면, 나는 신이다.'라는 키릴로프의 전제가 뜻하는 바를 알게 된다. 신이 된다는 것, 그것은 오직 이 땅 위에서 자유로워진다는 것, 그 어떤 불멸의 존재도 섬기지 않는다는 것이다. 이는 특히나, 두말할 것도 없이, 저 고통스러운 독립으로부터 가능한 모든 귀결들을 이끌어 내야 한다는 것을 뜻한다. 만일 신이 존재한다면, 모든 것은 신에게 달려 있고, 우리들은 신의 의지에 반(反)해서는 아무것도 할 수 없다. 그러나 만일 신이 존재하지 않는다면, 모든 것은 우리에게 달려 있게 된다. 니체와 마찬가지로 키릴로프에게 있어서도, 신을 죽인다는 것은 곧 자신이 신이 된다는 것—복음서가 말하는 영원한 삶을 이 땅에서부터 실현하는 일을 의미한다.[20]

그러나 만일 이 형이상학적 범죄가 인간을 완성하기에 충분하다면, 무엇 때문에 거기에 자살이란 문제를 또 덧붙인단 말인가? 자유를 정복해냈는데 도대체 무엇 때문에 자살하고 이 세상을 떠난단 말인가? 모순이다. 이를 잘 알고 있었던 키릴로프는 이렇게 덧붙여 말한다. "만일 그대가 그것을 실감한다면, 그대는 황제요, 자살하기는커녕 영광의 절정에서 살아가리라." 그러나 사람들은 이 말의 참뜻을 알지 못한다. '그것'이 무엇인지 실감하지 못하는 것이다. 프로메테우스 시대와 똑같이 사람들은 자신들의 마음속에 맹목적인 희망들을 키워가고 있다.[21] 누군가 길을 제시해주길 바랄 뿐, 설교 없이는 살아갈 수가 없는 것이다. 고로 키릴로프는 인류에 대한 사랑 때문에라도 자살하지 않으면 안 된다. 그는 자신의 형제들에게 자신이 앞장서고 있는 저 고난의 왕도를 보여주어야 하는 것이다. 이는 일종의 교훈적 자살이나 다름 없다. 그래서 키릴로프는 자신을 희생한다. 다만 그는 십자가에 못

---

20 "스타브로긴 : 당신은 저 세상에서의 영원한 삶을 믿습니까?
   키릴로프 : 아뇨, 다만 이 세상에서의 영원한 삶은 믿습니다."

21 "인간은 자살하지 않으려고 신을 생각해냈던 것뿐이다. 이것이 바로 지금까지의 보편 역사에 대한 요약이다."

박힌다 해도, 기만당하지는 않을 것이다. 그는 도래할 내일이 없는 죽음을 확신하고, 복음적 애수에 사무친 신인-인간으로 남는다. "나는 나의 자유를 긍정하도록 '강요받기에' 불행하다."라고 그는 말하고 있다. 그러나 그가 죽고, 마침내 사람들이 빛을 얻게 되면, 이 땅은 황제들로 가득 차게 될 것이요, 또 인간적 영광으로 환히 빛날 것이다. 키릴로프의 권총 한 발은 궁극의 혁명을 알리는 신호탄이 될 것이다. 이렇듯 그를 죽음으로 몰고 간 것은 절망이 아니라, 바로 이웃 그 자체를 목적으로 하는 사랑이다. 형언할 수 없는 정신적 모험을 흥건한 피로 마감하기에 앞서, 키릴로프는 인류의 저 수많은 고통들만큼이나 오래된 한마디 말을 남긴다. "모든 것이 잘 되었도다."

따라서 도스토옙스키에 있어서 자살이란 주제는 부조리의 주제임에 틀림없다. 다만 더 멀리 나가기 전에, 키릴로프는 또 다른 인물들 속에서도 재연되고 있는바, 이번엔 그들이 또 다른 새로운 부조리의 주제들을 연루시키게 된다는 사실에 주목해보기로 하자. 스타브로긴과 이반 카라마조프는 일상 속에서 부조리의 진리들을 실천한다. 키릴로프의 죽음이 해방시켰던 것은 바로 그들이다. 그들은 황제가 되려고도 시도했었다. 스타브로긴은 '아이러니컬한' 삶을 살아나가는 인물로, 그런 삶이 어떤 것인지는 우리도 충분히 알고 있다. 실상 그는 주위에 증오를 불러일으킨다. 그럼에도 불구하고 이 인물의 비밀을 풀어줄 키워드는 그의 마지막 유서, 즉 "나는 그 무엇도 혐오할 수 없게 되었다."라는 말 속에 있다. 즉 그는 무관심의 황제가 된 것이다. 이반 역시도 정신의 왕권들을 양위하길 거부함으로써 황제가 된다. 그의 형제가 그랬듯 믿으려면 굴종해야 한다는 것을 삶을 통해 증명하고 있는 사람들 입장에서 보자면, 이 같은 조건에 그는 합당치 않다고 답할지 모른다. 그러나 그의 비밀을 풀어줄 키워드는 적절한 비애의 뉘앙스가 배여 있는 "모든 것이 용인된다."라는 이 말이다. 물론 신의 암살자들 중에서도 가장 잘 알려진 니체와 마찬가지로, 그는 광기의 끝을 보고 말았다. 다만 이는 죽음을 무릅쓰고 겪어내야 할 위험인바, 이 비극적인 최후들 앞에서 부조리의 정신이 취해야 할 특유의 반응이라면, '그런데 대체 그것이 무엇을 증명해낸단 말인가?'라는 질문이어야 할 것이다.

이렇듯 도스토옙스키의 소설들은 『일기』와 마찬가지로 부조리의 문제를 제기하고 있다. 또한 그의 소설들은 죽음에 이르는 논리, 열광, '가혹한' 자유, 인간적 존재로 변모되는 황제들의 영광을 정초하고 있다. 모든 것이 잘 되었고, 모든 것이 용인되어 있으며, 증오할 만한 것이라곤 아무것도 없다. 이것이야말로 부조리의 판단들이다. 그러나 얼음과 불로 빚어진 이 존재들을 우리에게 그토록 친숙하게 만들어 놓는 창조의 세계란 이 얼마나 경이로운 것이란 말인가! 저들의 마음속에서 으르렁대고 있는 무관심의 격정적인 세계가 조금도 괴이하게 여겨지지 않으니 말이다. 우리는 바로 그곳에서 우리가 매일같이 겪고 있는 고뇌를 다시 만나게 된다. 어쩌면 도스토예프스키만큼 부조리의 세계에 그토록 친숙하면서도 그토록 고통스러운 마력을 가져다준 작가는 일찍이 없었던 것 같다.

그럼에도 그의 결론은 무엇이었을까? 다음의 두 인용문들은 작가를 다른 계시들로 이끌었던 완전한 형이상학적 전도 과정을 알려준다. 논리적 자살에 대한 추론이 비평가들의 항의를 불러일으키게 되자, 도스토예프스키는 『일기』의 후속 배본들에서 자신의 입장을 발전시켜 이렇게 결론을 맺고 있다. "불멸에 대한 믿음이 인간에게 그토록 (그것 없이는 자살하지 않을 수 없을 만큼) 필요한 까닭은 그 같은 믿음이야말로 인간의 정상적인 상태이기 때문이다. 사정이 이러하다면, 인간 영혼의 불멸은 의심의 여지없이 확실하다." 한편, 그의 마지막 소설 마지막 페이지들에서는 신과의 엄청난 투쟁 막바지에 이르러, 어린 아이들이 알료샤에게 이렇게 묻는다. "카라마조프, 종교에서 얘기하는 게 정말이에요? 우리가 죽은 자들 가운데 다시 살아나고, 서로 다시 만나게 된다는 게 정말인가요?" 그러자 알료샤는 대답한다. "그럼, 우리는 다시 만나서 그동안 일어났던 모든 일들을 즐겁게 이야기하게 될 거야."

이렇듯 키릴로프, 스타브로긴, 그리고 이반은 패하고 만다. 『카라마조프의 형제들』이 『악령들』에게 답해준 셈이다. 분명 이것은 어떤 결론에 해당한다. 알료샤의 경우는 무슈킨 공작의 경우와 마찬가지로 모호할 게 없다. 병든 무슈킨 공작은 미소와 무관심이 언뜻언뜻 섞여든 영원한 현재를 살아가고, 또 이런 다행스러운 상태야말로 공작이 말하는 영원한 삶일지도 모르니 말이다. 반면 알료샤는 "우리들은 다시 만나게 될 거야."라고 분명하게 말하고 있다. 더 이상 자살이나 광기 따위는 문제 될 게 없는 것이다. 불멸의 삶과 그 기쁨을 확신하는 사람에게 그런 것이 다 무슨 소용이겠는가? 인간은 자신의 신성을 행복과 맞바꾼다. "우리는 그동안 일어났던 모든 일들을 즐겁게 이야기하게 될 거야." 그렇게 또다시 키릴로프의 권총은 러시아 어디에선가 총성을 울렸겠지만, 세계는 맹목적인 희망들을 계속해서 굴려왔으리라. 사람들은 '그것을' 깨닫지 못한 것이다.

그러므로 이제껏 우리에게 말하고 있었던 이는 부조리의 소설가가 아닌, 실존적 소설가다. 여기서도 또다시 비약은 감동적인 것이요, 비약을 고취시키는 예술에 제 고귀함을 부여한다. 이는 온갖 회의(懷疑)들로 빚어진, 불확실하면서도 열렬한 일종의 눈물겨운 동의에 다름 아니다. 『카라마조프의 형제』에 관해 도스토옙스키는 다음과 같이 쓴 바 있다. "이 책의 전편에 걸쳐 추구하게 될 주요한 문제는 내가 평생에 걸쳐 의식적으로 혹은 무의식적으로 괴로워해 왔던 문제, 즉 신에 관한 것이다." 한 권의 소설이 일평생의 괴로움을 즐거운 확신으로 변모시키기에 충분했으리라 믿기엔 어려움이 따른다. 한 해설가[22]는 이 점을 타당하게 지적하고 있다. 즉 도스토옙스키는 이반과 한 몸처럼 굳게 맺어져 있었다는 것이다—그렇기 때문에 『카라마조프의 형제』 가운데 긍정적인 장들은 그에게 3개월간의 노력이 요구되었던 반면, 그가 소위 '독신(瀆神)'으로 칭한 장들은 단 3주 만에, 그것도 열광에 휩싸여 써 내려갈 수 있었다는 것이다. 도스토옙스키의 인물들은 어느 하나 제 살에 가시 박히지 않은 이 없기에, 하나같이 그 가시로 인해 염증에 시달리는가 하면, 예외 없이 그 염증을 치유해줄 묘약을 관능이나 배덕(背德)에서 찾아 헤매인다.[23] 어쨌든 앞서 언급한 회의라는 문제에 잠시 머물러 생각해보기로 하자. 여기, 한낮의 태양 빛보다도 더욱 강렬한 명암 속에서 저마다 희망을 상대로 벌이는 인간의 쟁투가 포착되는 작품이 있다. 그런데 막바지에 이르러 작품의 창조자는 자신이 창조한 인물들과는 상반된 선택을 한다. 이러한 모순은 우리가 어떤 뉘앙스를 도입해 바라볼 것을 주문하고 있다.

---

22 보리스 드 슐뢰제르(Boris de Schloezer)

23 흥미롭고 예리한 지드의 지적, 즉 도스토옙스키의 거의 모든 주인공들은 여러 명의 아내를 두고 있다.

여기서의 문제는 부조리한 작품 그 자체가 아니라, 부조리의 문제를 제기하는 어떤 작품이다.

도스토옙스키의 대답은 굴종(屈從), 스타브로긴의 표현을 빌자면 '치욕'이다. 반면 부조리의 작품은 답을 내놓지 않는데, 바로 여기에 근본적인 차이가 있다. 끝으로 한 가지 일러두기로 하자. 이 작품에서 부조리와 모순되는 것이 있다면, 그것은 작품의 기독교적인 성격이 아니라, 작품이 내세를 예고하고 있다는 점이다. 하지만 사람은 기독교도이면서도 동시에 부조리할 수 있다. 또한 내세를 믿지 않는 기독교도들의 예도 얼마든지 있다. 그러므로 예술 작품과 관련해, 앞선 여러 페이지들을 통해 예감할 수 있었던 부조리의 여러 분석 방향들 중 하나를 명확히 하는 일은 가능할 것이다. 즉 분석은 '복음서의 부조리성'에 관한 문제제기 쪽으로 인도하게 될 것이다. 그리고 그 분석은 숱한 확신들이 있다고 해서 불신앙(不信仰)을 막을 수는 없다는 생각, 예상치 못한 방향에서 여러 가능성을 보이게 될 바로 그 생각을 조명해줄 것이다. 그러나 정반대로 우리는 저 숱한 갈래길들에 친숙했던 『악령』의 작가가 끝내는 완전히 다른 외길을 택하는 과정을 똑똑히 지켜보았다. 자신이 창조한 인물들에 대한 창조자의 뜻밖의 대답, 도스토예프스키가 키릴로프에게 내놓은 대답은 결국 다음과 같이 요약될 수 있다. "실존은 허망한 것이요, '또한' 그것은 영원하다."라고 말이다.

내일 없는 창조

　그러므로 여기서 나는 희망이 영원토록 피할 수 없는 것이고, 그것에서 해방되길 바라는 사람들에게조차 엄습할 수 있는 것이라는 사실을 깨닫게 되었다. 이것이 바로 지금까지 문제 삼았던 작품들 속에서 내가 공감하고 있는 바이다. 나는 적어도 창조의 차원에서 진정 부조리한 몇몇 작품들을 열거해 볼 수도 있을 것이다.[24] 그러나 모든 일에는 시작이 있는 법. 본 탐구의 목적은 어떤 성실함에 있다. 교회가 이교도들에게 그토록 가혹했던 까닭은 길을 잘못 들어선 자식보다 더 해로운 적(敵)은 없다고 생각했기 때문이다. 그러나 그노시스

---

24 예를 들면 멜빌의 『모비 딕*Moby Dick*』 같은 작품.

파가 내세웠던 과감한 주장들의 역사하며, 마니교 사상들이 보여준 완강함은 정통적 교의의 확립에 있어서 이 땅의 모든 기도(祈禱)보다도 더 많은 일을 해냈다. 어느 정도 차이는 감안해야겠지만, 부조리의 경우도 이와 마찬가지다. 우리는 부조리로부터 멀어지는 여러 갈래길들을 발견해가는 가운데 부조리의 정도(正道)를 되찾는다. 부조리의 추론 막바지에 이르러, 그 논리가 추동한 태도들 중 어느 한 태도를 택해 더없이 비장한 얼굴을 하고 있음에도, 그 아래로 여전히 스며드는 희망과 또다시 마주치게 된다는 것은 무심코 넘길 일이 아니다. 이는 부조리의 고행이 얼마나 지난한 일인지 보여주는 것이라 하겠다. 이것은 무엇보다도 끊임없이 유지되는 의식의 필요성을 알려 주는 것으로, 본 시론의 전반적인 틀과 합치되는 지점이기도 하다.

그러나 여전히 부조리의 작품들을 열거하는 일이 문제가 아니라면, 적어도 부조리의 실존을 완성해줄 여러 태도들 중 하나인 창조적 태도에 관해 어떤 결론을 내려 볼 수는 있을 것이다. 예술은 부정적(否定的) 사고를 거쳤을 때에야 비로소 제법 그럴듯하게 제시될 수 있다. 마치 흰색을 알아보려면 검은색이 필요하듯, 이 부정의 사고가 지닌 모호하고 모욕스러운 절차들 역시도 어떤 위대한 작품의 이해를 도모하는 데는 필수적이다. '뭣도 아닌 것을 위해' 일하고 창조하는 것, 진흙에서 형태를 다듬어내는 것, 자신의 창조에 미래가 없음을 아는 것, 자신의 작품이 하루아침에 허물어지는 모습을 지켜보면서도 그것이 수세기를 내다보고 건축물을 축조하는 일과 똑같이 하등 중요할 게 없다는 사실을 내면 깊숙이 의식하는 것, 이런 것들이야말로 바로 부조리의 사유가 허락하는 지난한 예지(叡智)이다. 한편으론 부정하되, 다른 한편으론 열광하는 것, 이 두 가지 과업을 한꺼번에 해내는 것, 이것이 바로 부조리한 창조자로 통하는 정도(正道)라 하겠다. 그는 저 빈 곳에 자신만의 색깔들을 입혀야만 하는 것이다.

이는 예술 작품에 대한 특수한 개념으로 인도해준다. 사람들은 너무나도 종종 한 창조자의 작품을 제각각 떨어져 있는 여러 증거들의 단순한 연속체로 여길 때가 있다. 이때 그들은 예술가와 글쟁이를 혼동하고 있는 것이다. 하나의 심오한 사상이란 지속적인 생성을 겪는바, 일생의 경험과 결합되며 그 안에서 제 모습을 갖추어 나간다. 이와 마찬가지로 한 인간의 단 하나뿐인 창조는 곧 그 자신의 작품들이라 할 수 있는 연속되고 다양한 얼굴들 속에서 확고해진다. 그것들은 서로가 서로를 보완하는가 하면, 수정하거나 혹은 만회하기도, 또 부정하기도 한다. 만일 창조를 종결짓는 그 무엇이 있다면, 그것은 '난 이미 할 말 다했소'라는 식의 맹목적인 예술가 특유의 득의양양하고 허망한 외침이 아니라, 그의 경험을 닫아 버리고 천재라는 그의 책을 덮어 버리는 창조자의 죽음일 것이다.

이런 노력, 이런 초인적인 의식이 반드시 독자의 눈앞에 드러나는 것은 아니다. 인간의 창조에 신비란 없다. 창조의 기적을 만들어내는 것은 의지다. 그러나 적어도 비밀이 없는 참다운 창조란 존재하지 않는 법. 어쩌면 잇단 작품들은 동일한 사유에 근접해 가는 일련의 근사치들에 불과한 것인지도 모른다. 그러나 우리는 병렬배치를 통해 개진해나가는 또 다른 부류의 창조자들을 상정해 볼 수 있다. 이때 작품들은 서로 아무 관련이 없는 듯 보일 수 있다. 어느 정도는 서로 모순관계에 놓이기도 한다. 그러나 전체 안에 다시 놓고 보면, 작품들은 나름의 정연한 배열관계를 회복한다. 이렇듯 작품들이 나름의 고유하고 최종적인 의미를 획득하게 되는 것은 죽음으로부터다. 작품들은 저자의 삶 자체로부터 가장 밝은 빛을 받아들인다. 이때 그가 잇달아 내놓은 작품들이란 무수한 실패들을 수집해 놓은 것에 불과하다. 그러나 만일 이 실패들 모두가 한결같은 울림을 간직하기만 한다면, 그는 자신이 처한 조건을 이미지로 재현할 줄 아는 창조자, 자신이 간직한 불모의 비밀을 널리 울려 퍼지게 할 줄 아는 창조가가 된다.

이때의 자제력이란 실로 엄청난 것이다. 그러나 그보다 더한 것도 인간의 지성이면 충분하다. 다만 인간의 지성은 창조의 의지적 측면만을 드러내줄 뿐이다. 나는 다른 곳에서 인간의 의지는 의식을 지탱하는 것 이외에는 다른 목적이 없다고 밝힌 바 있다. 그러나 이는 규율 없이는 달성될 수 없다. 인내와 명철함을 배울 수 있는 모든 학습의 장들 중에서도 가장 효과적인 것이 창조다. 또한 창조란 인간이 지닌 유일한 존엄성에 대한 파격적인 증언이기도 하다. 인간 조건에 대한 집요한 반항, 불모의 것에 소용될 줄 알면서도 온 힘을 쏟아 붓는 투지, 바로 그것 말이다. 창조는 하루하루의 노력, 자기 통제, 진리의 한계들에 대한 정확한 판단, 그리고 절도와 힘을 요구한다. 그 자체가 하나의 고행이다. 이 모두는 '뭣도 아닌 것을 위한' 것, 반복과 제자리걸음을 위한 것이다. 다만 위대한 예술 작품이라면 작품 그 자체보다도 오히려 작품이 한 인간에게 요구하는 시련 속에, 그리고 인간이 환영들을 극복함으로써 자신의 적나라한 현실에 보다 가까이 다가서도록 하는 계기 속에 더욱 중요한 가치들을 두고 있으리라.

미학적인 것에 현혹되지 않길 바란다. 내가 여기서 내세우고 있는 것은 어떤 명제를 두고 인내심을 갖고 조목조목 지식을 전달하거나, 쓸데없이 장황하게 예증하려는 게 아니다. 내가 분명하게 내 의도를 설명했다손 치더라도, 오히려 정반대다. 경향소설, 즉 무언가를 증명해내려는 작품, 모든 작품들 중에서도 가장 가증스러운 작품은 대개가 '자기만족'에 심취한 어떤 사상으로부터 영감을 구걸한다. 소유하고 있다고 믿고 있는 진리, 사람들은 그것을 입증하는 것이다. 그러나 이때 작동되는 것이 바로 관념들의 조작인바, 이런 관념들은 사유와는 반대된다. 이런 부류의 창조자들은 수치스러운 철학자들에 불과하다. 내가 언급하고 혹은 상상하고 있는 창조자들은 이들과는 다른 명철한 사상가들이다. 사유가 사유 자체로 되돌아와 스스로를 반추하는 그 어느 지점에선가 그들은 한계에 봉착하고 필시 소멸할 테지만, 저마다 반항적인 어떤 사유의 명백한 상징들로 작품의 이미지들을 작성해 나갈 것이다.

아마도 이런 작품들은 무언가를 증명해내고 있을 것이다. 그러나 소설가들은 바로 이 증명들을 누군가에게 제공하려 들기보다는 자기 자신에게 부여한다. 핵심은 그들이 구체적인 것 안에서 승리를 거둔다는 것, 바로 이 점이 그들의 위대함을 이룬다. 온전히 육체적이라 할 만한 이 승리는 추상의 권위가 굴복하게 될 어떤 사유를 통해 그들에게 예비 되었던 것이다. 이 추상의 권위들이 완전히 굴복하게 되는 바로 그 순간, 육체는 부조리의 섬광으로 창조를 다시금 찬란히 빛나게 하리라. 열정으로 가득한 작품들을 빚어내는 것은 바로 이러한 아이러니의 철학이다.

통일성을 포기하는 모든 사고는 다양성을 제고(提高)한다. 그러므로 이 다양성이야말로 예술의 보금자리라 하겠다. 정신을 해방시켜 주는 유일한 사유는 정신이 제자신의 한계들과 다가올 종말을 확신하는 가운데 홀로 있게끔 내버려두는 사유다. 그 어떠한 '교의'도 이 같은 정신을 충동하지 못한다.

정신은 작품과 삶이 성숙되길 기다린다. 정신으로부터 멀찍이 떨어져 나온 곳에서, 최초의 작품은 희망에게서 영원히 해방된 한 영혼의 들릴듯말듯한 저 먹먹한 소리를 다시 한 번 들려주게 될 것이다. 혹은, 유희에 진력나 버린 창조자가 그만 돌아서기라도 한다면, 작품은 아무것도 들려주지 않을 것이다. 하지만 어느 쪽이든 결국엔 마찬가지다.

이렇듯 나는 내가 사유에 대해 요청했던 것, 즉 반항, 자유, 다양성을 부조리한 창조에 대해서도 요구하는 바이다. 그러면 이내 부조리한 창조는 그 뿌리 깊은 무용성을 드러내 보일 것이다. 지성과 정념이 서로 뒤섞이고 교통하는 이 일상의 노력 속에서 부조리의 인간은 자신의 힘의 본질을 이루는 어떤 규율을 발견한다. 나아가 거기에 필요한 열의, 그리고 집요함과 통찰이 정복자의 태도와 합쳐진다. 이처럼 창조한다는 것, 그것은 곧 자신의 운명에 어떤 형태를 부여하는 일이다. 모든 등장인물들에 있어서, 작품은 그들에 의해 정의되는 만큼 그들을 정의한다. 보이는 것과 실제로 존재하는 것 사이에 경계가 없다는 사실은 배우가 이미 우리에게 가르쳐준 바 있다.

다시 한 번 되풀이해보자. 이 모든 것 그 어디에도 현실적인 의미는 없다. 다만 이 자유의 길 위에는, 아직 실행에 옮겨야 할 한 걸음의 도약(跳躍)이 남아 있다. 같은 혈연의 이 정신들, 즉 창조자 혹은 정복자가 다해야 할 최후의 노력은 자신들이 세운 기도(企圖)들로부터도 역시나 해방될 줄 아는 데 있다. 다시 말해 정복이든 사랑이든 창조든 간에, 작품 그 자체가 존재하지 않을 수도 있다는 것을 인정하는 경지에 이르는 것, 그리하여 개인의 삶 전체가 갖는 그 근본적인 무용성을 완성해내는 일 말이다. 삶의 부조리함을 깨닫는 일이 저들을 온갖 열광으로 삶 속에 몰입하게 해주었던 것처럼, 이러한 인식들이야말로 숱한 정신들이 작품을 더욱 수월하게 실현하게끔 해준다.

이제 남은 것은 운명이다. 오직 운명의 결말만이 숙명적이다. 죽음이라는 저 유일한 숙명만 제외하면, 기쁨이든 행복이든 모든 것이 자유다. 인간만이 유일한 주인이 되는 세계가 남게 되는 것이다. 인간을 결박하고 있었던 것, 그것은 다른 어떤 세계에 대한 환상이었다. 인간의 사유가 지고 가야 할 운명은 스스로를 포기하는 것이 아니라, 이미지들이 되어 다시 도약하는 데 있다. 인간의 사유는—어쩌면 신화들 속에서—다만 인간이 겪는 고통의 깊이를 제하고 나면 다른 어떠한 깊이도 없는 신화들, 인간의 고통처럼 그 끝을 알 수 없는 신화들 속에서 펼쳐지게 되리라. 그저 즐거움을 주고 맹목적이게 만드는 신들의 우화 속에서가 아닌, 지난한 예지와 내일 없는 열정이 요약된 지상의 얼굴, 몸짓, 연극 속에서 말이다.

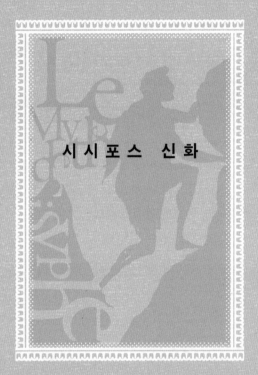

시 시 포 스 신 화

신들은 시시포스에게 산꼭대기까지 바위를 끊임없이 굴려 올려야 하는 형벌을 내렸었는데, 그 바위는 자체의 무게로 말미암아 산꼭대기에서 다시 굴러 떨어지곤 했다. 쓸모없고 희망 없는 일보다 더 끔찍한 형벌은 없다고 그들이 생각했던 데는 어느 정도 근거가 있었다.

호메로스의 말에 따르면, 시시포스는 인간들 중에서도 가장 현명하고 가장 신중한 자였다. 하지만 또 다른 설화에 의하면, 강도질이 전문이었다고도 한다. 나는 이 이야기들에 모순된 점이 있다고 보지 않는다. 그가 저승에서 쓸모없는 일꾼이 될 수밖에 없었던 원인들에 대해, 의견들은 제각각이다. 우선 그는 신들에게 다소 경솔했다는 비난을 받고 있다. 신들의 비밀을 누설했다는 것이 그 이유다. 사건은 아조프의 딸

에기나가 주피터에게 납치되면서 벌어진다. 딸의 실종에 아버지는 놀랐고, 시시포스에게 읍소했다. 이 납치 사건을 알고 있었던 시시포스는, 아조프로부터 코린트 성에 물을 대어 주겠다는 약속을 받아내는 대신, 그에게 신들의 비밀을 가르쳐 주었다. 시시포스는 하늘에서 내리칠 벼락들보다도 물의 혜택을 더 받고 싶었던 것이다. 그로 인해 저승에서 그 같은 벌을 받게 되었다는 이야기다. 한편 호메로스는 시시포스가 죽음의 신을 쇠사슬로 묶어 놓았다는 이야기도 전하고 있다. 플루톤은 황량하고 적막해진 자신의 왕국의 광경을 차마 보고만 있을 수 없었다. 그는 전쟁의 신을 급파해, 저 정복자의 손으로부터 죽음의 사신을 해방시켰다는 것이다.

또 어떤 이는 죽음에 임박해 경솔하게도 아내의 사랑을 시험하려 들었던 시시포스의 일화를 들려준다. 그는 아내에게 자신의 시체를 매장하지 말고 광장 한복판에 그냥 던져 버리라고 명했다는 것이다. 이번에도 시시포스는 지옥에 떨어졌다. 그런데 인간적인 애정을 완전히 저버리고 시키는 대로 따랐던 아내에게 분노를 느낀 나머지, 그는 아내를 벌하고자 플루톤에게서 지상으로 되돌아갈 수 있는 허락을 받아내기에 이른다. 그러나 다시금 이승의 얼굴을 다시 마주하게 되고, 물과 태양, 그리고 따뜻한 돌들과 바다를 맛보았을 때, 시시포스는 저승의 어둔 그림자 속으로 되돌아가고 싶지 않았다. 수차례에 걸친 소환도, 노여움도, 경고도, 소용없었다. 그러고도 여러 해 동안, 그는 굽이치는 만(灣), 눈부신 바다, 그리고 대지의 미소들을 마주하며 살았다. 이렇게 되자 신들의 판결은 불가피해졌다. 메르쿠리우스가 찾아와 이 뻔뻔스런 자의 목덜미를 옴켜잡고는 내내 누려 왔던 지상의 기쁨에서 그를 끌어내, 벌써부터 그가 굴려야 할 바위가 준비되어 있던 저승으로 억지로 데리고 가버린 것이다.

우리는 시시포스가 부조리한 영웅임을 진작에 알아보았다. 그는 그 자신의 고뇌 때문만이 아니라, 그가 느낀 온갖 정념들로 인해 부조리한 영웅인 것이다. 신들에 대한 그의 멸시, 죽음에 대한 그의 증오, 삶에 바쳐진 그의 열정은 아무것도 성취해낼 수 없는 일에 온존재를 다 바쳐야만 하는 저 형용할 길 없는 형벌을 그에게 안겨다주었다. 그것은 바로 이 땅에 대한 열정들 때문에 그가 치러야 하는 대가였던 셈이다. 저승에서의 시시포스에 관해서라면 아무것도 전해진 바 없다. 무릇 신화들이란 상상력으로 생명을 불어넣게끔 되어 있는 법. 다만 시시포스 신화에서는 거대한 돌덩이를 쳐들어 굴려 올리기 위해, 또 그 돌덩이가 수백 번이고 다시 시작되는 경사면을 힘겹게 타고 오르도록 떠받치기 위해, 잔뜩 긴장되어 있는 한 육체의 노력만을 볼 수 있을 뿐이다. 경련하는 얼굴, 바위에 바짝 기대 붙인 뺨, 진흙으로 뒤덮인 돌덩이를 떠받치고 있는 한쪽 어깨와 그것을 괴어 버티고 있는 한쪽 발에서 느껴지는 구원의 호소, 돌을 되받아 끌어안는 저 팔 끝하며, 흙투성이가 된 두 손에서 전해지는 저 온전히 인간적인 확신만이 엿보이는 것이다. 하늘 없는 공간 깊이 없는 시간으로나 헤아릴 수 있을 저 기나긴 노력 끝에, 비로소 목표는 달성된다. 바로 그 순간, 시시포스는 돌덩이가 순식간에 저 아래 세상으로 굴러 떨어지는 것을 바라본다. 그곳에서 다시금 산꼭대기를 향해 바위를 끌어올려야만 한다. 그는 또다시 들판으로 내려간다.

시시포스가 특별히 나의 관심을 사로잡은 까닭은 바로 이 되돌아 내려가는 순간, 이 잠깐의 휴지(休止) 때문이다. 돌덩이들에 바짝 붙여진 채 고통스러워하고 있는 얼굴은 이미 그 자체가 돌이다! 나는 무겁지만 한결같은 걸음으로, 그 끝을 알 수 없는 고통의 근원을 향해 다시 걸어 내려가는 한 인간의 모습을 바라본다. 가쁜 숨을 고르는 이 시간, 그의 불행과 마찬가지로 어김없이 다시 찾아오는 이 시간은 의식의 시간이다. 산꼭대기를 떠나 신들의 소굴을 향해 조금씩 조금씩 더 깊이 접어 들어가는 매순간, 시시포스는 자신의 운명보다 더 우월하다. 그는 자신의 바위보다도 더 강하다.

이 신화가 비극적인 것은 주인공이 의식하고 있다는 점 때문이리라. 만일 그가 한 걸음 한 걸음 옮길 때마다 성공하리라는 희망이 그를 떠받치고 있다면, 실상 그에게 고통이랄 것이 어디 있겠는가? 오늘날의 노동자도 하루하루의 삶에서 똑같은 고역을 실천하며 살고 있기에, 이 운명도 부조리하기는 별반 다르지 않다. 그러나 운명이란 오직 의식하게 되는 그 흔치 않은 순간들에 있어서만 비극적이다. 신들 중에서도 한낱 프롤레타리아에 불과한, 무력하면서도 반항적인 시시포스는 자신의 비참한 조건의 전모를 알고 있다. 그가 산을 내려오며 생각하는 것이 바로 이 조건이다. 그에게 고뇌를 가져다주었을 통찰이, 같은 순간, 그의 승리를 완성시키고 있는 것이다. 멸시를 통해 극복되지 않는 운명이란 존재하지 않는다.

이처럼 산을 내려오는 일은 어떤 날은 고통 속에서 행해지지만, 또한 기쁨 속에서 이뤄지기도 한다. 이것은 지나친 표현이 아니다. 또다시 자신의 바위 쪽으로 되돌아가는 시시포스를 상상해 보건대, 고통은 처음부터 있었다. 이 땅의 영상들이 기억에 너무나도 생생할 때, 행복의 부름이 너무나도 무겁게 사무칠 때, 인간의 마음엔 슬픔이 고개를 쳐들게 마련이다. 이것이 곧 바위의 승리요, 바위 그 자체다. 엄청난 비탄은 짊어지기에 너무도 버겁다. 그것은 우리가 맞이하는 겟세마네의 밤들이다. 그러나 우리를 짓이기고 있는 저 진리들이란 알아봄으로써 소멸된다. 마찬가지로 오이디푸스도 처음에는 제 운명이 무엇인지 알지 못한 채 운명에 복종한다. 그가 운명을 알아본 순간부터 그의 비극은 시작된다. 그러나 같은 순간, 눈멀고 절망에 빠져 있던 그는 자신을 이 세상에 다시 메어놓는 유일한 끈이 한 처녀의 생기 넘치는 손이라는 사실을 깨닫는다. 그때 헤아릴 길 없는 어떤 음성이 울려 퍼진다. "그토록 수많은 시련들에도 불구하고, 내 연륜과 내 영혼의 고결함으로 판단컨대, 모든 것이 잘 되었도다." 이렇듯 소포클레스의 오이디푸스는 도스토옙스키의 키릴로프와 마찬가지로 부조리의 승리를 양식화하고 있다. 고대의 예지가 현대의 영웅주의와 만나는 것이다.

행복에 관한 안내서를 작성해 보고 싶은 마음이 동하지 않는다면 부조리를 발견해낼 수 없다. "어! 근데 이게 뭐야, 이렇게 좁은 길들을 거쳐 가야 한다고……?" 다만 존재하는 세계는 단 하나 뿐. 행복과 부조리는 같은 땅이 낳은 두 아들이다. 이들은 떼려야 뗄 수 없다. 오류는 행복이 반드시 부조리의 발견에서 탄생한다고 단언하는 데 있으리라. 부조리의 감정은 행복에서 태어날 수도 있는 것이다. "내 판단컨대, 모든 것이 잘 되었도다."라는 오이디푸스의 말은 신성하다. 이 말은 인간의 저 잔혹하고 한계 지워진 세계에서 반향을 일으킨다. 이 말은 전부 다 소진되지도 않았고, 또 그렇게 다 소진되었던 적도 없었다는 사실을 가르쳐준다. 이 말은 불만과 무용한 고통들에 대한 악취미를 갖고 난입했던 어떤 신을 이 세계로부터 몰아내준다. 이 말은 운명 그 자체를 인간들끼리 해결봐야 할 인간사의 한 문제로 되돌려 놓는다.

시시포스의 저 모든 말 없는 기쁨이 여기 있다. 그의 운명은 그의 것이다. 그의 바위는 그의 것이다. 마찬가지로, 부조리의 인간이 자신의 고통을 응시할 때, 모든 우상들은 잠잠해진다. 돌연 본연의 침묵으로 되돌아간 우주 안에서, 경의에 찬 작은 목소리들이 대지로부터 무수히 솟아오른다. 무의식적이고 비밀스런 부름들, 온갖 얼굴들의 초대에 다름 아닌 그것들은 승리의 필연적인 이면(裏面)이자, 대가(代價)다. 그림자 없는 태양이란 존재하지 않는 법, 고로 밤을 겪어 내지 않으면 안 된다. 부조리의 인간의 대답은 긍정이요, 그의 노력에는 끝이 없을 것이다. 개인의 운명은 있어도, 그 이상의 운명이란 없으며, 혹 있다면 숙명적이기에 경멸해도 좋을, 인간에 의해 심판되고 말 단 하나의 운명만이 존재할 뿐이다. 그 이외의 것에 관한 한, 인간은 자기자신이 살아가는 나날의 주인임을 알고 있다. 인간이 제 삶을 향해 몸을 돌려세우는 그 미묘한 순간, 자신의 바위를 향해 되돌아가던 시시포스는 자신에 의해 창조되고 자신의 기억의 시선 아래서 통일되어 머지않아 죽음으로 봉인될, 그렇게 또 하나의 시시포스 운명이 되어 가고 있는, 서로 아무런 연관 없는 일련의 행위들을 가만히 응시한다. 이렇듯, 인간적인 모든 것이 온전히 인간적인 근원에서 비롯되었음을 확신하는 시시포스, 보고자 갈망하되 밤은 끝이 없다는 것을 아는 눈먼 자 시시포스는 지금도 나아가고 있다. 바위는 또다시 굴러 떨어진다.

난 이제 그만 시시포스를 산기슭에 남겨 두련다! 우리는 그가 감당했던 막중한 짐을 우리의 삶에서도 늘 다시 발견하곤 한다. 그러나 시시포스는 신들을 부정하고 바위들을 들어올리는, 보다 차원 높은 성실성을 가르쳐준다. 그 역시도 모든 것이 잘 되었다고 판단한다. 이젠 주인이 따로 없는 이 우주가 그에게는 불모의 것으로도, 하찮은 것으로도 여겨지지 않는다. 그에게는 이 돌 부스러기 하나하나가, 캄캄한 밤 이 산의 광물의 섬광 하나하나가, 그것만으로도 하나의 세계를 이룬다. 무수한 산정(山頂)들을 향한 투쟁, 그것만으로도 인간의 마음을 가득 채우기에 충분하다. 행복한 시시포스를 상상해야만 한다.

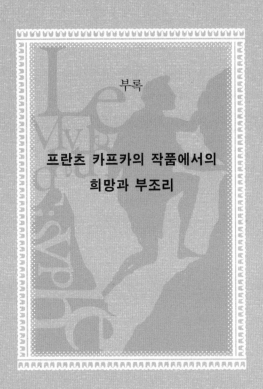

부록

프란츠 카프카의 작품에서의
희망과 부조리

| 편집자 주 |

본 프란츠 카프카에 관한 연구는 원래 『시시포스 신화』 초판에 있었던 '도스토
옙스키와 자살'에 관한 장을 대신해 부록 형태로 출간해 놓은 것이다. 본 연구
는 1943년 「아르발레트L'Arbalète」지를 통해 이미 발표된 바 있다.
우리는 앞서 본 시론의 도스토옙스키에 관한 대목에서 다뤘던 부조리한 창조
에 관한 비평을 여기서는 또 다른 전망 하에서 만나 보게 될 것이다.

카프카 예술의 핵심은 독자로 하여금 다시 읽지 않을 수 없게 만든다는 데 있다. 작품의 갖가지 결말들 혹은 결말의 부재가 여러 설명 가능성들을 암시해주고는 있지만, 이 설명들이란 것도 분명하게 드러나는 것이 아니어서, 타당한 근거를 갖추려면 이야기 전체를 새로운 각도에서 다시 읽어내지 않을 수 없다. 더러는 이중의 해석 가능성이 도사리고 있어, 부득불 두 번 읽는 일이 발생하기도 한다. 이는 저자가 의도한 것이다. 그러나 카프카의 작품에서 모든 것을 세세한 부분들에서까지 해석해내려 든다면 그건 잘못이다. 하나의 상징이란 항상 일반적인 것 가운데 있는 법이어서, 그에 대한 번역이 아무리 정확하다 해도, 예술가는 그 움직임만을 복원해놓는 것에 불과하기 때문이다. 말하자면 하나하나를 그대로 말로 다 옮겨낼 수 없다는 것이다. 뿐만 아니라 상징적인 작품만큼 이해하기 어려운 것도 없다. 하나의 상징은 항상 그것을 이용하는 사람을 넘어서 있기에, 실상 그 자신이 의식적으로 표명하려는 것 이상을 말하게 만든다. 이러한 견지에서, 상징을 파악하는 가장 확실한 방법이라면 상징을 인위적으로 획책하지 않는 것, 머릿속에서 미리부터 계산하지 않고 작품에 착수하는 것, 그리고 상징의 은밀한 흐름들을 쫓아가지 않는 것이라 하겠다. 특히나 카프카에 있어서는 그가 제안하는 게임을 받아들이고, 극의 경우라면 겉으로 드러나는 모습들을 통해, 소설의 경우라면 형식을 통해 접근해 가는 것이 적절하다.

이는 언뜻 보기에도, 그리고 거리를 두고 초연하게 바라보는 독자에게도, 어떤 불안스러운 모험들이라 할 만한 것으로, 거기에 휘말린 채 떨고 있는 등장인물들은 여러 문제들을 집요하게 모색하면서도 결코 자신의 생각을 직접 표명하는 법이 없다. 『심판』에서 요제프 K……는 피고인이다. 그러나 그는 무엇 때문에 고소당했는지 알지 못한다. 분명 그는 자신을 변호하려 애쓰지만, 그 이유는 모른다. 변호사들은 그의 소송건이 소명되기 어려울 거라고 예상한다. 그러는 동안에도, 그는 사랑을 나누고, 먹고, 또 신문 읽는 일 따위에 소홀함이 없다. 그러다 재판을 받는다. 그런데 법정이 무척 어둡다. 그는 별 다른 걸 깨닫지 못한다. 그는 그저 자신이 유죄 선고를 받나보다 생각할 뿐, 어떤 판결일지는 거의 생각해 보지도 않는다. 간혹 그 상황에 의심을 품어 보기도 하지만, 계속해서 일상을 살아간다. 한참 시간이 지나고 난 뒤, 말쑥하게 차려입은 정중한 말투의 두 신사가 찾아와 그에게 자신들을 따라오길 권한다. 예의를 갖추며 아주아주 정중하게 그들은 도저히 가망이 없어 보이는 외딴 교외로 그를 끌고 가서는, 그의 머리에 돌을 내리찍어 숨통을 끊어 놓는다. 죽기 직전 이 죄인이 내뱉은 단 한 마디는, "개 같은."

자연스러움이야말로 가장 두드러진 특징이라 할 수 있는 허구적 이야기 속에서 상징에 관해 언급한다는 것이 난감해 보이기도 할 것이다. 그러나 이 자연스러움이란 무척 난해한 영역이 아닐 수 없다. 사건이 독자들 눈에 자연스러워 보이는 작품이 있다. 반면 등장인물이 자신에게 일어나는 사건을 자연스럽게 여기는 (훨씬 드문 게 사실이지만) 그런 작품들도 있다. 기이한, 그러나 명백한 역설이 되겠지만, 등장인물이 겪는 모험들이 비범할수록 이야기의 자연스러움은 더욱 더 현저해진다. 즉, 자연스러움이란 한 사람의 인생이 갖는 낯섦과 그 사람이 그 삶을 수긍하는 단순함 사이에서 느껴지는 간극에 비례하는 셈이다. 이런 식의 자연스러움이 곧 카프카의 그것일 수 있다. 바로 이러한 이유에서, 우리는 『심판』이 말하고자 하는 바가 무엇인지 똑똑히 느끼게 된다. 혹자는 인간 조건에 대한 한 이미지라고 했다. 어쩌면 그럴 수도 있다. 그러나 그보다 훨씬 더 단순하고, 동시에 훨씬 더 복잡하다. 그러니까 내가 말하고 싶은 것은 이 소설의 의미가 카프카 개인에게 훨씬 더 특수하고, 동시에 훨씬 더 개인적이라는 것이다. 어느 정도는 그가 고백하고 있는 것이 우리 모두의 이야기이긴 해도, 실상 말하고 있는 사람은 바로 그 자신이기 때문이다. 그는 삶을 살다, 유죄 선고를 받았다. 그는 자신이 현실에서 계속 써내려 가는 소설 초반 몇 페이지에서 그 사실을 깨닫고, 또 어찌 고쳐 보려고도 하지만, 그렇다고 거기에 놀라움이 배어 있지는 않다. 오히려 이 놀라움이 없다는 사실에 그는 적잖이 놀랄 따름이다. 부조리의 작품의 첫 징후들을 알아보게끔 하는 것이 바로 이러한 모순들이다. 이렇듯 정신은 자신의 정신적 비극상황을 구체적인 것 안에 투영한다. 그런데 갖가지 색채들에 공허를 표현할 수 있는 권능을 부여하고, 일상적인 몸짓들에 영원한 야망들을 번역해낼 수 있는 힘을 실어주는 어떤 영속적인 역설을 거치치 않고는, 정신이 그 일을 해내기란 불가능하다.

마찬가지에서, 어쩌면 『성』이란 작품은 일종의 행동으로 풀어낸 신학이라 할 수 있겠지만, 우선은 무엇보다도 자신의 은총을 구하는 한 영혼이 겪는 모험이자, 이 땅의 온갖 사물들로부터 그 장엄한 비밀을, 그리고 여인들에게서 잠들어 있는 신의 징후들을 모색해 가는 한 인간의 개인적 모험으로 봐야 할 것이다. 『변신』에 이르면 어떤 명철함의 윤리학이라 할 만한 것을 지독한 비유를 통해 형상화해내고 있다. 그러나 그 것은 자신이 너무나도 쉽사리 벌레가 되어가는 느낌을 받게 될 때 인간이 겪게 되는 헤아릴 길 없는 경악의 산물이기도 하다. 카프카의 비밀은 바로 이 근원적 모호성에 있다. 자연스러운 것과 비범한 것, 개인적인 것과 보편적인 것, 비극적인 것과 일상적인 것, 그리고 부조리한 것과 논리적인 것 사이를 오가는 이 끊임없는 흔들림들이야말로 그의 전 작품을 통틀어 지속적으로 발견되는 것으로, 카프카의 작품에 특유의 울림과 의미를 부여한다. 부조리의 작품을 이해하기 위해 열거해야 할 것은 바로 이 역설들이고, 또 강화시켜야 할 것이라면 그 모순들이라 하겠다.

실상 하나의 상징은 관념과 감각이라는 두 가지 차원의 세계와 이 둘을 조응시킬 수 있는 어떤 어휘집을 전제로 한다. 그리고 이 어휘집을 작성하는 일이 가장 어렵다. 그런데 서로 대면하고 있는 이 두 세계를 자각한다는 것은 그 둘 사이의 은밀한 관계들로 통하는 길 위에 올라선다는 것을 뜻한다. 카프카의 작품들에서 이 두 세계는 한편은 일상적 생활로, 다른 한편은 초자연적 불안의 세계로 그려지고 있다.[25] 이 대목에서 우리는 "중대한 문제들은 길거리에 있다."고 했던 니체의 말을 끝없이 파헤쳐가는 어떤 탐사과정을 목도하고 있는 듯한 느낌을 받게 된다.

인간 조건, 모든 문학의 흔해 빠진 주제이긴 하지만, 거기에는 어떤 준엄한 위대함과 동시에 근원적인 부조리가 자리하고 있다. 이 둘은 마치 당연하기라도 하다는 듯이 때를 같이해 나타난다. 다시 한 번 반복하지만, 이 둘은 우리 영혼의 방종과 육체의 덧없는 기쁨들을 갈라놓는 저 터무니없는 절연 상태 속에서 나타난다. 측정할 수 없으리만치 엄청나게 육체를 초월하는 것이 바로 이 똑같은 육체에 속한 영혼이라는 사실, 여기에 바로 부조리가 있다. 이런 부조리를 형상화하려는 이가 부조리에 생명을 불어넣어야 한다면, 그것은 평행하는 상호대조의 유희 속에서 이루어져야만 할 것이다. 이렇듯 카프카는 일상적인 것을 통해 비극을, 그리고 논리적인 것을 통해 부조리를 표현해내고 있다.

배우는, 과장을 경계할수록 그만큼 더 비극적 인물에게 힘을 실어줄 수 있다. 그가 절제된 사람이라면, 그가 자아내는 공포는 더욱 더 엄청난 것이 될 것이다. 이러한 견지에서 고대 그리스 비극은 교훈들로 가득하다. 비극작품에서의 운명은 논리와 자연스러움의 얼굴을 갖추고 있어야 훨씬 더 실감나게 다가오는 법이다. 오이디푸스의 운명은 사전에 예고된

---

25 카프카의 작품들을 사회비평적인 방향에서도(예를 들면, 『심판』에서와 같은) 역시나 타당한 방식으로 해석해 볼 수 있다는 사실을 지적해 두어야겠다. 더구나 이는 굳이 뭘 선택해야 하는 문제도 아니다. 두 가지 해석 모두 다 괜찮다. 앞서도 이미 확인했지만, 부조리의 관계 속에서 인간들에 대한 반항은 '또한' 신에게 보내지는 반항이기도 하다. 이러한 견지에서 위대한 혁명들은 언제나 형이상학적이라 하겠다.

것이었다. 그가 살인과 근친상간을 저지르게 될 것이라는 사실은 초자연적으로 이미 결정되어 있었다. 해서 극이 경주하는 모든 노력은 추론에서 추론으로 이어져 결국 주인공의 불행을 완결 짓는 논리적 체계를 드러내는 데 집중된다. 단순히 오이디푸스의 이례적인 운명을 우리에게 알려주기만 한다면 이 비극은 조금도 끔찍하게 여겨질 리 없는데, 왜냐하면 그런 일은 있을 법하지 않기 때문이다. 그러나 만일 사회, 국가, 익숙한 감정과 같은 일상생활의 테두리 안에서 그 필연성이 우리 앞에 입증된다면, 그 순간 공포는 확고해진다. 인간을 충격으로 뒤흔들어 놓고, "있을 수 없는 일이야."라는 말을 내뱉게 만드는 그 반항 속에는 '그런 일'이 능히 있을 수 있다는 절망적 확신이 이미 포함되어 있는 것이다.

이것이 고대 그리스 비극이 지닌 비밀의 전모, 혹은 적어도 그 비밀의 일면이라 하겠다. 왜냐하면 또 다른 측면이 하나 더 있기 때문인데, 그것은 앞선 것과는 상반된 방식으로 카프카를 더 잘 이해하게끔 해준다. 즉 인간의 마음이란 단순히 자신을 짓누르는 것만을 숙명이라고 부르는 고약한 속성을 갖고 있다는 점이 그것이다. 그러나 행복 역시도 제 나름대로 이유 없이 찾아오고, 불행만큼이나 피할 수 없는 것이다. 그런데 현대인은 행복을 제대로 인식하지 못하면서도, 그 공덕은 자신에게 돌린다. 우리는 이와 반대되는 경우들, 가령 고대 그리스 비극에서의 특권적 운명들, 그리고 율리시스처럼 최악의 모험들 한복판에서 스스로를 구해냈던 전설의 우상들에 대해서도 많은 이야기를 해볼 수 있을 것이다.

아무튼 머리에 넣어 두어야 할 것은 비극에서 논리적인 것과 일상적인 것을 하나로 묶어내는 것이 이 둘 사이의 비밀스러운 공모에 있다는 점이다. 『변신』의 주인공 잠자가 평범한 외판사원인 까닭이 바로 여기에 있다. 자신을 한 마리 벌레로 만들어 버리고 마는 저 기이한 모험을 겪으면서도 자신이 결근하면 사장이 못마땅해 하리라는 것이 그를 난처하게 만드는 유일한 걱정거리가 되는 까닭도 바로 여기에 있다. 몸에서 다리와 촉수가 돋아나고, 등줄기가 휘어 구부정해지고, 배에는 흰 반점이 군데군데 생겨나는데도,―그는 전혀 놀라지 않는다. 라는 식으로는 나 역시도 말하지 않을 것 같다. 그러면 효과가 떨어질 테니까―그 사건은 그에게 '약간의 곤란함'을 불러일으킬 뿐이다. 이렇듯 카프카 예술의 요체는 바로 이런 뉘앙스 속에 있다. 그의 핵심적인 작품 『성』에서도 일상생활에 대한 세부묘사가 우세하게 드러나고 있지만, 그럼에도 불구하고 무엇 하나 결실을 맺지 못한 채 모든 것이 다시 시작되곤 하는 이 낯선 소설에서 형상화되고 있는 것은 바로 자신의 구원을 암중모색하는 한 영혼의 본질적 모험이라 하겠다. 한편 문제의식을 행동에 녹여내 표현하는 번역의 방식하며, 보편적인 것과 특수한 것을 일치시켜나가는 방식 같은 것들은 위대한 작가들 특유의 사소한 기교들에서 엿볼 수 있는 것들이다. 『심판』에서 주인공의 이름은 슈미트 혹은 프란츠 카프카일 수도 있었다. 그러나 그는 요제프 K……로 불린다. 그는 카프카는 아니지만, 그럼에도 카프카다. 평균적인 유럽 사람. 세상 모든 사람들과 똑같이 평범한 존재. 그러나, 또한 그는 육체의 방정식에 X항을 제시하는 실체로서의 K이기도 하다.

마찬가지에서 카프카라면 부조리를 표현함에 있어서도 논리적 일관성을 이용하려 할 것이다. 욕조에서 낚시질을 했다던 광인의 이야기는 유명하다. 정신병 치료에 일가견이 있는 한 의사가 그에게 "그러다 잡히면?" 하고 묻자, 그는 가차 없이 이렇게 대답했다고 한다. "그럴 리 없어, 이 바보야, 이건 욕조라고." 이는 그저 우스갯소리에 불과하지만, 가히 바로크적이라 할 만하다. 여기서 우리는 부조리의 효과가 논리적 과도함과 얼마만큼 긴밀하게 연관된 것인지 예리하게 포착해낼 수 있다. 카프카의 세계는, 실상 건져 올릴 게 아무것도 없다는 것을 뻔히 알면서도 욕조에 낚싯줄을 드리우는, 그 고통스런 호사를 자청하는 인간의 형언할 길 없는 세계인 것이다.

여기서 나는 그 원칙들에 있어서 부조리한, 어떤 부조리의 작품을 알아보게 된다. 이를 테면 『심판』의 경우는 부조리의 모든 원칙들이 성취되고 있다고 말할 수 있겠다. 육체가 승리를 거두고 있는 것이다. 표현되지 않은 반항(그러나 바로 이 반항이 글을 써내려 간다), 명철한 묵언의 절망(그러나 이 같은 절망이 창조를 실천한다), 그리고 소설 속 인물들이 최후의 죽음까지 호흡해내는 저 놀랍도록 자유로운 거동(擧動)에 이르기까지, 어느 하나 부족함이 없기 때문이다.

그럼에도 이 세계는 겉보기처럼 그렇게 닫혀 있지 않다. 이 진전 없는 세계 속에서 카프카는 어떤 기이한 형태의 희망을 도입하려 한다. 이 점에 있어서 『심판』과 『성』은 동일한 방향으로 나아가지 않는다. 이 두 작품은 상호 보완한다. 우리는 한 작품에서 다른 한 작품으로 이행되는 점진적이고 미묘한 발전을 감지할 수 있는데, 이는 실상 도피(逃避)라는 차원에서 보자면 과분할 정도의 성취를 보여주는 것이라 하겠다. 『심판』이 제기한 문제를 『성』이 어느 정도 해결한다. 전자는 거의 과학적인 방법으로 묘사하되, 결론을 배제한다. 후자는 어느 정도 설명한다. 『심판』은 진단하고, 『성』은 어떤 치료법을 상정한다. 그러나 여기 처방된 치료제는 병을 치유하기 위한 것이 아니다. 다만 그 병을 보통의 삶 속으로 되돌아가게 할 뿐이다. 병을 받아들이는 일을 도와주고, 어떤 의미에서는 (키르케고르를 떠올려 보라) 병을 소중히 여기게끔 해준다. 측량기사 K……는 자신을 좀먹어 가는 단 한 가지 근심 이외에 다른 근심이라곤 상상할 수가 없다. 심지어 그의 주변 사람들까지도 정신적 고통이 무슨 특혜를 누리게 해주는 가면이라도 되는 듯, 뭐라 이름 붙이기도 막막한 저 공허와 고통에 열중한다. "정말 당신이 필요해. 당신을 알게 된 뒤로, 당신이 곁에 없으면, 난 그냥 버려진 것만 같다고." 프리다는 K……에게 이렇게 말한다. 우리를 짓누르는 것을 오히려 사랑하게 만들고, 이 출구 없는 세상에 희망이 태어나도록 만드는 이 묘약, 모든 것을 뒤바꾸어 놓는 이 돌연한 '비약', 이것이야말로 실존적 혁명의 비밀이자, 『성』그 자체의 비밀인 것이다.

작품의 전개에 있어서 『성』만큼 엄밀한 작품도 드물다. K……는 성의 측량기사로 임명되어 마을에 도착한다. 그러나 마을에서 성으로는 연락할 방도가 없다. 수백 페이지에 걸쳐 K……는 성에 이르는 길을 찾으려 집요하게 애쓰고, 온갖 방법들을 다 동원해 보고, 잔머리를 굴려보고, 샛길로 돌아가려고 하면서도, 결코 화내는 일 없이, 뜻지도 않은 엄청난 신념으로 자신에게 맡겨진 임무를 수행하고자 한다. 각각의 장(章)은 하나의 실패이자, 또한 하나의 새로운 시작이다. 이것은 논리에 속하는 것이라기보다는, 일련되는 정신을 보여준다. 바로 이 어마어마한 규모의 집요함이 비극을 생산해내는 것이다. K……가 성에 전화를 걸었을 때, 그가 감지한 것은 모호하고 뒤섞인 목소리들, 희미한 웃음소리들, 멀리서 부르는 소리 같은 것들뿐이다. 이것들은, 마치 여름 하늘에서 비를 알리는 어떤 전조들 혹은 우리에게 살아갈 이유가 되어 주는 저녁 약속들처럼, 그의 희망을 키워주기에 충분하다. 여기서 우리는 카프카 특유의 우수(憂愁)가 간직하고 있는 비밀을 엿보게 된다. 실로 이것은 프루스트의 작품이나 플로티노스의 풍경 속에 살아 숨 쉬고 있는 것과 동일한 우수, 즉 잃어버린 낙원들에 대한 향수라 하겠다. 올가는 말한다. "아침마다 바르나베가 성에 간다고 내게 말할 때면, 저는 너무나 우울해져요. 아마도 그 노정은 부질없는 일이 될 테고, 아마도 그 날 하루는 아예 버리게 될 테고, 아마도 그 희망은 헛된 것이 되고 말 테니까요." 바로 이 '아마도'라는 뉘앙스에, 카프카는 자신의 작품 전체를 걸고 있다. 그렇다고 바뀌는 것은 없다. 다만 여기선 영원한 것에 대한 탐구가 세밀하게 진행될 뿐이다. 그리고 카프카의 등장인물들은 무슨 계시라도 받은 자동인형들처럼 위희[26]가 불가능해진 채 신성(神性)이 가하는 숱한 모욕에 온통 내맡겨진 우리들의 미래 그 자체를 우리 앞에 펼쳐 보인다.

『성』에서는 일상적인 것에 대한 이 같은 종속상태가 하나의 윤리처럼 여겨지고 있다. K……가 품고 있는 원대한 희망이라면 그를 받아들여 주겠다는 허락을 성으로부터 얻어내

---

26 파스칼적인 의미에서 봤을 때, 『성』에서 묘사되고 있는 '위희들'이란 K……로 하여금 자신의 근심을 '외면하게 만드는' '조수들'을 통해 형상화되고 있는 것이 분명해 보인다. 프리다가 끝내 조수들 중 한 명의 애인가 되고 마는 것은 그녀가 진실보다는 겉치레를, 번민을 나누기보다는 하루하루의 삶을 더 좋아했기 때문이다.

는 것이다. 혼자서는 그 희망을 이룰 수 없기에, 그의 모든 노력은 그 마을의 주민이 됨으로써 자신을 대하는 모든 사람들의 태도에서 느낄 수 있었던 이방인이라는 꼬리표를 떼내는 일, 그리하여 입성이라는 은총을 받기에 합당한 사람이 되는 일에 온통 바쳐진다. 그가 원하는 것은 직업과 가정과 정상적이고도 건강한 사람의 생활이다. 이제 그는 미친 짓이라면 더는 견딜 수가 없다. 분별 있는 사람이 되고 싶은 것이다. 자신을 마을의 이방인으로 만드는 저 유별난 저주로부터 벗어나고 싶은 것이다. 이러한 견지에서 프리다에 관한 에피소드는 의미심장하다. 성의 관리들 중 한 사람을 알고 있었던 이 여자를 그가 자신의 정부(情夫)로 삼게 된 것은 바로 그녀의 과거이력 때문이었다. 그는 그녀에게서 자신을 뛰어넘는 무언가를 얻어내려 하지만, 동시에 영원히 그녀를 성에 걸맞지 않는 이질적인 존재이게끔 하는 그 무엇을 의식하게 된다. 여기서 우리는 레기네 올센을 향한 키르케고르의 기이한 사랑을 떠올려 보지 않을 수 없다. 세상에는 자신을 집어삼키는 영원의 불길이 너무나도 강렬한 나머지, 주위 사람들의 마음까지 모조리 다 태워 버리는 사람들도 있는 법이다. 신의 것이 아닌 것을 신에게 갖다 바치는 이 불길한 실수, 이것이 또한 『성』에서 프리다의 에피소드가 구성하고 있는 주제이다. 그러나 카프카의 경우는 실수가 아닌 게 분명해 보인다. 오히려 그것은 하나의 주의(主義), 하나의 '비약'이라 하겠다. 신에 속하지 않는 것이라면 이 땅에 존재할 리 없을 테니.

측량기사가 프리다와 소원해지고 나서 바르나베 자매들 쪽으로 향한다는 사실은 더욱 더 의미심장하다. 왜냐하면 바르나베 가(家) 사람들은 성과 마을로부터 완전히 버림받은 유일한 가족이었기 때문이다. 언니인 아말리아는 성의 한 관리의 파렴치한 구혼을 거절했던 인물이다. 그에 뒤따른 패덕의 저주로 인해 그녀는 영원토록 신의 사랑을 받을 수 없게 되었다. 신을 위해 자신의 명예를 버릴 수 없다는 것은 곧 신의 은총을 받을 자격이 상실되었음을 의미한다. 이 대목에서 우리는 실존주의 철학의 낯익은 테마, 즉 도덕에 반(反)하는 진리를 확인하게 된다. 그런데 사태는 여기에 그치지 않고 더 멀리까지 나아간다. 왜냐하면 카프카의 주인공이 완주하는 길, 즉 프리다에서 바르나베 자매에게로 가는 이 길은 의심할 줄 모르는 사랑에서 부조리의 신격화로 향하는 길이기 때문이다. 여기서 다시 한 번 카프카적 사유는 키르케고르와 만난다. '바르나베 이야기'가 책의 끝부분에 위치하고 있다는 사실은 실상 놀라울 게 없다. 측량기사의 최후의 시도는 신에 대한 부정을 통해 신을 다시 발견해냄으로써, 선과 미와 같은 인간적 범주에서가 아닌, 신의 무관심과 불의와 증오, 바로 그 공허하고 추악한 얼굴들 이면에서 신의 본모습을 알아보는 데 있으니 말이다. 성이 자신을 받아들여주길 요구했던 이 낯선 자는 자신의 여정의 끝에 이르면 소외되어 거의 추방

된 자에 가까워지는데, 왜냐하면 이번에는 바로 자기 자신에게 충실하지 못하게 되면서, 도덕, 논리, 정신의 수많은 진리들을 저버린 채, 오직 무모한 희망에 부풀어 신의 은총이라는 사막 안으로 들어서려 했기 때문이다.[27]

여기서 사용한 희망이라는 말은 터무니없는 표현이 아니다. 오히려 그 반대로 카프카가 알려주는 조건이 비극적이면 비극적일수록, 이 희망은 더욱 완고하고 도발적인 것으로 변모되기 때문이다. 문제는 『심판』이 진정 부조리할수록, 『성』의 저 열광적인 '비약'은 더욱 더 감동적이고 부당한 것으로 여겨진다는 점이다. 그러나 여기서 우리는 실존 사상의 역설을, 가령 키르케고르가 다음과 같이 표현했던 그 순수한 상태에서 다시 발견하고 있는 셈이다. "우리는 지상적(地上的) 희망을 타파해야만 한다. 그때 비로소 진정한 희구(希求)[28]를 통해 구원받게 될 것이다." 그리고 이 말은 다음과 같은 번역이 가능하다. "『심판』의 내용을 다 작성했을 때에야, 『성』을 공략할 수 있다."

실상 카프카에 관해 언급했던 사람들 대부분은 그의 작품을 인간에게 그 어떠한 구원도 남기지 않는 절망의 외침으로 규정한 바 있다. 그러나 이는 수정되어야 한다. 그의 작품엔

---

27 이러한 지적은 물론 카프카가 우리에게 남긴 미완의 작품 『성』에 대해서만 타당한 것이다. 그러나 과연 이 작가가 소설의 통일성을 마지막 장에 가서 깨뜨리려 했을까 하는 점은 여전히 의심스럽기만 하다.

28 마음의 순결함.

희망 그리고 또 희망이 있다. 앙리 보르도Henri Bordeaux 씨의 낙
천적인 작품이 이상하게도 내게는 무력하게만 보인다. 왜냐
하면 그 작품에는 다소 까다로운 마음의 소유자에게 허용될
만한 것이라곤 찾아볼 수 없기 때문이다. 정반대로 말로Malraux
의 사유는 언제나 정신의 활기를 북돋아준다. 물론 이 두 경
우가 똑같은 희망과 똑같은 절망을 말하고 있는 것은 아니다.
다만 나는 부조리의 작품 그 자체가 내가 그렇게도 피하고 싶
어 하는 저 불성실함에 이를 수도 있다는 사실을 알게 되었을
따름이다. 한낱 결실 없는 조건의 부질없는 반복, 사멸할 것
에 대한 명철한 열광에 지나지 않던 작품이 여기서는 숱한 환
상들의 요람이 되고 있기 때문이다. 이런 작품은 펼쳐내 설명
해주고, 희망에 어떤 형태를 부여해준다. 이렇게 되면 창조자
는 이제 작품을 떠날 수가 없다. 더 이상 작품은 마땅히 그래
야만 했던 비극적 유희가 아니게 된다. 작품은 이제 저자의
인생에 어떤 의미를 부여하게 되는 것이다.

　여하간 카프카, 키르케고르, 혹은 셰스토프의 작품들처럼
유사한 영감에서 비롯된 작품들, 요컨대 오롯이 부조리와 그
귀결들을 겨냥하는 실존적 소설가들이나 철학가들의 작품들
이 결국에는 희망의 거대한 함성으로 귀착되고 있다는 사실
은 실로 기이한 일이 아닐 수 없다.

　자신들을 집어삼키려는 신을, 오히려 그들은 얼싸안고 있
다. 희망은 바로 이러한 굴종을 타고서 비집고 들어온다. 왜

냐하면 실존의 부조리함이 초자연적 현실에 대한 그들의 믿음을 더욱 더 확고하게 만들어 놓기 때문이다. 만일 이러한 현세의 삶 그 끝이 신에게 가 닿기만 한다면, 출구는 있다. 그때면 키르케고르, 셰스토프, 카프카의 주인공들이 저마다의 노정을 반복할 때 보여준 인내와 고집은 초자연적 현실에 대한 확신이 지닌 열광적인 위력을 방증하는 어떤 유별난 보증이 될 것이다.[29]

카프카는 자신이 마주한 신에게서 도덕적 위대함, 자명함, 선의, 일관성 등을 인정하지 않고 있는데, 정작 이는 신의 품 안에 좀 더 제대로 뛰어들기 위한 것이었다. 부조리가 인지되고, 받아들여져, 인간이 부조리에 스스로를 내맡기는 그 순간부터, 부조리는 더 이상 부조리가 아니게 된다는 것을 우리는 알고 있다. 인간 조건의 제반 한계들을 고려할 때, 이러한 조건으로부터 벗어날 수 있게 해주는 희망보다 더 큰 희망이 또 어디 있겠는가? 나는 통상적인 견해와는 달리 실존사상이 실로 엄청난 희망, 다시 말해 원시 기독교 및 복음의 전파와 더불어 고대 세계를 고무시켰던 것과 같은 바로 그런 희망으로 가득 차있다는 사실을 다시금 확인하게 된다. 상황이 이러한데 실존 사상 전체를 특징짓는 이러한 비약과 집요한 고집 속에서, 그리고 저 표면 없는 신성에 대한 측량 속에서, 명철함

---

[29] 『성』의 등장인물들 중에서 희망하지 않는 단 사람은 아말리아다. 측량기사와 가장 격렬하게 대립되는 인물도 바로 이 여인이다.

이 스스로를 포기하고 있는 흔적을 어찌 알아보지 못할 수가 있단 말인가? 사람들은 구원받기 위해 내려놓아야 할 것이 오만함 뿐이길 바란다. 어쩌면 이 같은 포기는 어떤 풍성한 결실을 가져다줄 수 있을지도 모른다. 그러나 이러한 포기가 그 무엇을 변화시키지는 못한다. 더구나 오만함과 마찬가지로 명철함 역시도 결실 없는 불모의 것이라고 말한다고 한들, 나는 그 도덕적 가치가 폄하된다고는 보지 않는다. 왜냐하면 그 어떠한 진리도, 그 정의 자체로만 보자면 결실 없는 것이기 때문이다. 모든 자명한 것들도 결실 없는 것이긴 매한가지다. 그저 모든 것이 주어져 있을 뿐 아무것도 설명되지 않는 세계에서, 어떤 가치 혹은 어떤 형이상학의 풍요로움이란 의미 없는 공허한 개념에 불과하다.

여하간 우리는 여기서 카프카의 작품이 어떠한 사상적 전통에 놓여 있는지 확인할 수 있다. 사실 『심판』에서 『성』에 이르는 전개를 하나의 엄밀한 과정으로 바라보는 것은 그리 현명한 처사가 아니다. 요제프 K……와 측량기사 K……는 단지 카프카를 끌어당기는 두 개의 극(極)에 지나지 않는다.[30] 나 역시 카프카처럼 말할 수 있을지도 모르고, 아마도 그의 작품이 부조리하지 않다고 말할 수도 있을 것이다. 그러나 이렇게

---

30 카프카 사유에서 나타나는 이러한 두 가지 양상들에 관련해서는, 『수용소에서』에 나오는 "유죄(물론 인간의 것을 말한다)는 조금도 의심의 여지가 없다."라는 말과 『성』에 나오는 한 구절(모뷔스의 말) "측량기사 K……의 유죄 여부는 확증하기 어렵다."라는 말을 비교해 보기 바란다.

말한다고 해서, 그의 위대함과 보편성이 가려지는 것은 아니다. 카프카의 위대함과 보편성은 희망에서 비탄으로, 절망적인 예지에서 자발적인 맹목으로 이행되는 저 일상의 행로를 그토록 폭넓고 풍성하게 형상화할 수 있었다는 데 있다. 그의 작품이 보편적인 까닭은(진정 부조리한 작품은 보편적이지 않다), 인간성으로부터 멀리 도망쳐 나와, 숱한 모순들 속에서 믿어야 할 이유들을 퍼올리고 그 수많은 절망들 속에서 희망해야 할 이유들을 길어내면서도 끝내 저 끔찍스런 죽음의 학습을 삶이라 이름 짓는, 바로 우리 인간의 감동적인 얼굴이 작품 속에 형상화되어 있기 때문이리라. 한편 카프카의 작품은 종교적 영감에서 비롯되었다는 측면에서도 보편적이라 하겠다. 모든 종교들에서 그렇듯, 인간은 그의 작품에서 저마다의 삶의 무게로부터 해방되고 있으니 말이다. 그러나 이러한 점들을 알고 있고 또 예찬할 수 있다 해도, 내가 지금 추구하고 있는 것은 보편적인 것이 아니라 진실이라는 사실을 떠올리지 않을 수 없다. 보편과 진실, 이 둘은 일치되지 않을 수도 있는 것이다.

진정 절망을 안겨주는 사상은 이와 반대되는 기준들로 명확하게 정의될 수 있고, 비극적인 작품은 미래의 희망을 철저히 배제한 채 행복한 한 인간의 삶을 묘사한 작품일 거라고 말한다면, 위와 같은 관점이 좀 더 확실하게 이해되지 않을까 싶다. 삶이 열광적일수록, 삶을 잃어가고 있다는 인식은 더욱 더 부조리하게 느껴지는 법이다. 어쩌면 니체의 작품 속에서 분출되는 그 찬란한 메마름의 비밀은 여기에 있는 것인지도 모르겠다. 이런 차원의 사유들 중에서도 니체야말로 부조리 미학의 극단적 귀결들을 이끌어낸 유일한 예술가처럼 여겨지는데, 왜냐하면 그의 최종적인 메시지는 당당하되 결실을 희망하지 않는 명철함과 일체의 초자연적인 위안에 대한 집요한 부정에 있었기 때문이다.

이제까지 지적한 언급들이면 그나마 카프카의 작품이 본 시론의 전반적인 틀 속에서 차지하는 중요성을 드러내기에 충분하지 않았나 싶다. 어느새 우리는 여기 인간의 사유의 극한에까지 오게 되었다. 본질적이라는 표현이 뜻하는 그 엄밀한 의미에서 말하건대, 그의 작품 속 모든 것은 본질적이라고 말할 수 있겠다. 아무튼 그의 작품은 부조리의 문제를 모조리 다 제기하고 있다. 만일 지금 내려본 이 결론들을 우리가 처음에 지적했던 사항들에다, 내용을 형식에다, 『성』의 비밀스런 의미를 이 작품이 전개되는 자연스런 기법에다, K……의 열정적이고 대담한 모색을 그 모색이 유유히 진행되는 일상의 무대에다 각각 접근시켜 비교해 본다면, 그의 작품이 어떤 점에서 위대한지 이해할 수 있을 것이다. 왜냐하면 향수가 마땅히 인간적인 것의 흔적이라고 할 때, 저 숱한 회한의 망령들에게 그토록 많은 육체와 입체감을 부여했던 사람은 일찍이 없었기 때문이다. 그러나 동시에 우리는 부조리의 작품이 강력히 요청하고 있는 위대함, 어쩌면 여기서는 찾아볼 수 없을 기이한 위대함이 어떤 것인지도 포착할 수 있을 것이다. 만일 예술의 고유한 그 무엇이 보편적인 것을 특수한 것에, 끝내 사멸할 물 한 방울의 영원성을 그 반짝이는 빛의 유희들에 결합시키는 데 있다면, 부조리의 작가의 위대함을 그가 의도적으로 도입한 바로 이 두 세계 사이의 간극에서 가늠해보는 일은 훨씬 더 진실된 평가가 되어 줄 것이다. 그리고 이 두 세계가 더없이 크나큰 불균형 속에서도 서로 만나게 되는 그 정확한 교차지점을 발견해낼 줄 알았다는데 바로 그만의 비결이 있다.

그런데 진실을 말하자면, 인간과 비인간적인 것이 합치되는 바로 이 기하학적인 접점을 순결한 마음들은 도처에서 발견해낸다. 파우스트와 돈키호테가 탁월한 예술 창조인 까닭은 그들이 지상의 손으로 우리에게 보여주는 저 한없는 위대함 때문이리라. 그럼에도 불구하고 이 두 손으로 만질 수 있는 무수한 진리들을 정신이 부정하게 되는 순간은 언제든 찾아온다. 창조가 더 이상 비극적인 것에 반(反)하지 않는 순간, 즉 오직 엄숙한 것에만 반해 버리는 순간, 그때 인간은 희망에 매몰된다. 그러나 이것은 인간의 소관이 아니다. 인간이 해야 할 일은 얄팍한 술책을 과감히 외면하는 데 있다. 그런데 전 우주를 상대로 제기된 카프카의 이 격렬한 소송 끝에 이르러 내가 발견하게 된 것은 바로 그런 얄팍한 술책이었다.

믿음을 저버린 그의 어이없는 판결은 두더지들조차도 희망을 구하겠다고 끼어드는 이 추악하고 어수선한 세계에 끝내 무죄선고를 내리고 만 셈이다.[31]

31 이상에서 제시된 것은 물론 카프카의 작품에 대한 하나의 해석일 따름이다. 그러나 해석 전체와는 별개로, 순전히 미학적인 관점에서 이 작품을 검토하지 못할 이유가 없다는 점을 덧붙여 말해 두는 것이 온당할 것 같다. 예를 들어 그뢰튀젠B. Groethuysen은 『심판』에 붙인 자신의 탁월한 서문에서, 우리보다 훨씬 더 현명하게도, 소위 '눈 뜨고 잠드는 자'라는 인상적인 표현을 동원해가며 한 인간 존재의 고통스런 상상들을 단순히 추적하는 것에 만족하고 있다. 모든 것을 제공하면서도 아무것도 확정짓지 않는다는 것이 바로 이 작품의 운명이요, 또 어쩌면 위대함이겠다.

카뮈 연보

1913년 11월 7일 • 출생
프랑스령 알제리 콩스탕틴 지역의 가난한 동네인 몽도비 태생. 프랑스 알자스 지방 출신이자 포도농장 저장창고 노동자였던 아버지 뤼시앵 오귀스트 카뮈Lucien Auguste Camus의 알제리 이주(1871년)로 인해 프랑스계 알제리 이민자의 아들로 태어남. 두 살 많은 형 뤼시앵 에티엔 카뮈Lucien Etienne Camus 가 있음.

1914년 • 1세
제1차 세계대전 발발 직후 부친은 보병연대에 징집되어 마른 전투에서 부상, 생 브리외크 병원에서 사망. 어머니 카트린 엘렌 생테스Cathrine Hélène Sintes와 함께 알제의 가난한 서민동네인 벨쿠르 지역에 정착.

1918-1923년 • 6-10세
탄약 제조공장에서 노동자로, 이후 가정부 일로 근근이 생활을 꾸렸던 말없는 어머니, 상당히 권위적인 외할머니, 불구의 외삼촌, 그리고 어린나이에도 돈을 벌어야 했던 형 에티엔과 함께 가난한 유년시절을 보냄. 초등학교 재학시절, 교사 루이 제르맹Louis Germain으로부터 각별한 사랑을 받음. 카뮈의 문학적 재능을 알아본 루이 제르맹은 학업을 계속할 수 있도록 카뮈를 독려, 방과 후 지도는 물론이고 중고등학교장 선발시험에 카뮈를 추천, 결국 응시하게 함. 훗날 카뮈는 노벨상 수상 연설집을 제르맹 선생님께 헌정.

1923-1929년 • 10-16세
알제 소재 뷔조 중고등학교 문리과반 기숙학생으로 입학. 지드Gide, 말로 Malraux 등과 같은 당대 프랑스 지성의 문학을 탐독. 특히 말로의 『정복자Les Conquérants』 정독.

1930년 • 17세
알제 대학 입학 후, 대학 축구팀에서 골키퍼로 활약. 문과반에서 철학교수장 그르니에Jean Grenier와 만남. 카뮈는 그의 추천으로 니체의 여러 저작들을 접하게 됨. 폐결핵 첫 발병에 이어 기흉으로 입원. 폐결핵으로 대학 휴학. 이후 홀로 혹은 여럿이서 이곳저곳을 전전하며 독립생활을 이어감.

1931년 · 18세

폐결핵 증세가 조금 완화되어 10월 학업 재개. 훗날 카뮈의 묘비명을 새겨주기도 했던 조각가 베니스티Bénisti, 건축가가 될 루이 미켈Louis Miquel, 작가이자 비평가인 막스 폴 푸셰Max-Pol Fouchet 등과 조우.

1932년 · 19세

문과 학업을 계속해가며 철학자이자 문필가인 장 그르니에 교수와의 친분을 돈독하게 쌓아감. 훗날 카뮈는 장 그르니에 교수에게 『안과 겉』, 『반항인』을 헌정하는가 하면, 장 그르니에의 철학에세이 『섬Les îles』의 서문을 작성하기도 함. 잡지 「쉬드Sud」에 네 편의 글을 발표.

1933년 · 20세

히틀러의 권력 장악. 앙리 바르뷔스Henri Barbusse와 로맹 롤랑Romain Rolland에 의해 주도된 암스테르담-폴레이엘 반(反)파쇼 운동에 가입, 투쟁. 말로의 『인간조건La Condition humaine』, 프루스트의 『잃어버린 시간을 찾아서A la Recheche du Temps perdu』 탐독.

1934년 · 21세

시몬 이에Simone Hié와 결혼, 그러나 잦은 다툼으로 그리 순탄치 못함. 장 그르니에의 권유와 스페인 정치 상황에 대한 관심으로 공산당 가입.

1935년 · 22세

공산당 탈퇴. 아르바이트를 하면서 철학 공부를 계속해 철학사의 경우 '우수' 평점을 받음. 동시에 작품 『안과 겉L'Envers et l'endroit』을 쓰기 시작하고, 칼리굴라에 관한 연극구상.

1936년 · 23세

알제 대학 졸업. 철학 졸업논문으로 플라티노스와 성 아우구스티누스를 통해 본 헬레니즘과 기독교의 관계를 주제로 한 「기독교적 형이상학과 신플라톤주의Métaphysique chrétienne et néoplatonisme」 제출. 아내와 자신 모두 바람을 피워 첫 결혼 파경. 뜻이 맞는 친구들과 '노동 극단Théâtre du travail'을 창단하는가 하면, 알제 라디오 방송극단의 배우로 한 달의 절반을 전국을 돌며 순회 공연. 사회주의자를 위한 작품을 집필하기 시작해, 희곡『아스튀리의 반란Révolte dans les Asturies』을 집필했으나 시당국의 방해로 상연되지 못함.

1937년 · 24세
건강상의 이유로 교수 자격시험 응시를 거부당함.『안과 겉』출간, 말로에 관한 평론 계획. 요양을 위해 다녀갔던 앙브룅에서의 체류는 훗날『결혼Noces』집필의 중요한 계기가 됨. '노동극단' 해체. 미발표 원고『행복한 죽음La mort heureuse』집필.

1938년 · 25세
훗날『시시포스 신화Le Mythe de Sisyphe』를 헌정하기도 했던 파스칼 피아Pascal Pia 주도의「알제 레퓌블리캥Alger Républicain」지에 신문 기자로 취직. 정치 칼럼 및 문학기사 심지어 잡보에 이르기까지 여러 일을 담당하면서 특히 알제 정치 현안에 대한 분석을 칼럼 형식으로 보도. 사르트르『구토La Nausée』를 탐독한 후, 같은 신문에 사르트르 미학에 반대하는 입장의 비평을 남기기도 함.『칼리굴라Caligula』집필. 니체, 키르케고르를 탐독하며 부조리에 관한 시론을 구상하는가 하면,『이방인L'étranger』집필에 필요한 자료를 수집.

1939년 · 26세
에피쿠로스 및 스토아 학파 철학자들을 탐독. 오디지오, 로블레스 등과 함께 문예지「리바주Rivages」창간. 앙드레 말로와 만남. 이전의『구토』에 대한 다소 부정적인 평가와는 달리 사르트르의 단편선 특히「벽Le mur」에 대한 극찬을「알제 레퓌블리캥」에 실음.『결혼』출간.

1940년 · 27세
판매부수 부진 및 보급망 부족으로「알제 레퓌블리캥」이「수아르 레퓌블리캥」에 합병, 폐간되었으나, 이마저 당국의 심각한 검열에 이듬해 폐간. 언론 탄압에 알제에서의 기자생활을 그만두기로 결심한 카뮈는 파스칼 피아의 추천으로「파리 수아르Paris-Soir」지에 편집사무담당자로 입사. 소설『이방인L'étranger』탈고,『시시포스 신화』전반부 집필. 오랑 출신의 수학 교사이자 피아니스트인 프랑신 포르Francine Faure와 두 번째 결혼. 아내 프랑신을 사랑했지만 결혼이라는 제도에 회의를 품었던 카뮈의 결혼 생활은 순탄치 못함.

1941년·28세

오랑의 유태인 사립학교에서 강의. 2월『시시포스 신화』탈고. 허먼 멜빌 Herman Melville의『모비 딕Moby Dick』에 영향을 받아 소설『페스트La Peste』를 준비. 톨스토이, 아우렐리우스, 사드 등을 탐독하는 한편, 지하 전투 조직인 민족해방운동에서 정보수집 및 지하신문 발간을 담당.

1942년·29세

겨울에 재발한 폐결핵으로 인해 요양. 멜빌, 다니엘 디포, 세르반테스, 키르 케고르, 스피노자, 발자크 탐독. 7월 소설『이방인』출간.

1943년·30세

철학적 에세이이자 당대의 문제작(카뮈 자신도 밝힌바, 실존주의자들에 반 대해서 썼지만 결과적으로는 비평계에 의해 실존주의의 또 다른 범주에서 절망의 철학자로 규정됨)『시시포스 신화』출간. 이와 나란히 6월에는 사르 트르의『존재와 무L'Etre et le Néant』출간.『오해Le Malentendu』초고 탈고. 갈리 마르 출판사의 고문역을 맡게 됨. 6월 사르트르, 보부아르와의 첫 만남.

1944년·31세

파스칼 피아와 함께 레지스탕스 신문 (그러나 공개 배포되었던)「콩바 Combat」편집 및 운영.

1945년·32세

세티프에서의 학살 및 탄압을 현장 취재하고자 알제리로 여행. 여러 인터뷰 및「콩바」지를 통해 히로시마, 나가사키 원자탄 투하에 대한 강도 높은 비 판기사를 게재. 쌍둥이 자녀 장과 카트린 출생.『칼리굴라』성황리에 상연. 『반항인L'Homme Révolté』의 출발점이 되는「반항론」을 발표.

1946년·33세

미국 방문시 열렬한 환영 속에서 하버드에서는 연극에 관한 강연을, 뉴욕에 서는 서구문명 위기에 관한 강연을 진행함.『페스트』탈고. 1944년부터 시 작된 프랑수아 모리악과의 논쟁으로 인해 '폭력'에 관한 문제는 사색하고 체계적으로 정리해 나감.

1947년 • 34세
『페스트』 출간 직후, 대중과 평단의 즉각적인 호평. 특히 평단은 카뮈를 모럴리스트이자 '무신론적 성자'로 평함. 전후 「콩바」가 상업적 성격을 지니게 되자 편집 운영과 관련된 일체의 직에서 사임함.

1948년 • 35세
프라하의 군사 혁명 발발. 알제리로의 여행. 장 루이 바로와 함께 쓴 『계엄령 L'État de Siège』을 상연했으나 실패.

1949년 • 36세
사형선고를 받은 그리스 공산당원들을 위한 구명운동, 이를 계기로 사형폐지론에 적극적인 목소리를 내기 시작함. 남미 여행 후 귀국했으나, 폐결핵 재발과 맞물려 한동안 『반항인』 집필을 제외한 외부활동 자제. 12월 『정의의 사람들 Les Justes』 상연이 상당한 성공을 거둠.

1950년 • 37세
당대의 현안을 예리한 시각으로 짚어냈던 『시사평론 Actuelles』 제1권 출간. 이후 그리스 근교에서의 휴양.

1951년 • 38세
『반항인』 발표. 공산주의에 반대하는 내용으로 인해 당대의 실존주의자들을 비롯해 사르트르와 향후 1년여 간 논쟁.

1952년 • 39세
알제리 여행 직후 사르트르와 결별. 레파미에 극장 운영 신청. 『돈 후안』 및 『악령』 각색을 구상함.

1953년 • 40세
『시사평론』 제2권 출간. 동베를린 노동자 파업을 분쇄한 소비에트 연방을 강하게 비판.

1954년 • 41세
알제리 독립 전쟁 발발. 7인의 튀니지 사형수 구명운동을 제외한 일체의 정치적 문학적 글쓰기를 중단. 1939년에서 1953년까지의 글들을 모은 『여름 *L'Été*』 출간.

1955년 • 42세
기자 활동 재개, 시사평론지 「렉스프레스L'Expresse」 지에 알제리 문제에 관해 기고.

1956년 • 43세
알제 방문 중 휴전을 호소하지만, 동향인들로부터 모욕적인 대우를 받음. 「렉스프레스」 지에 기고 중단. 그럼에도 불구하고 수많은 알제리 민족주의자들과 자유주의자들에 대한 구명운동에는 지속적으로 참여. 폴란드의 노동자 파업 분쇄와 소비에트 연방의 헝가리 반란 진압을 비판함. 자신이 각색한 『어떤 수녀를 위한 진혼곡』의 상연, 성공. 때 이른 죽음으로 뜻하지 않게 마지막 소설이 되어버린 『전락*La Chute*』 출간. 『여름』의 속편에 해당하는 『축제*La Fête*』 집필 구상.

1957년 • 44세
소설 『적지와 왕국*L'exil et le royaume*』 간행. 로페 데베가의 『올메도의 기사』 각색. 『칼리굴라』 재상연. 아르튀르 쾨슬러Arthur Koestler, 장 블로크 미셸Jean Bloch-Michel과 공동 저술한 『사형에 관한 성찰*Réflexions sur la peine capitale*』에 「단두대에 관한 성찰Réflexions sur la guillotine」을 게재. 10월 17일 프랑스인으로는 아홉 번째, 그 중 최연소 노벨 문학상 수상.

1958년 • 45세
『스웨덴 연설』 출간. 『시사평론』 3권 출간. 이 책을 통해 알제리 갈등을 언급하고 그 해결책을 촉구했으나 지식인 사회로부터 철저하게 무시당함. 극도로 건강이 쇠약해짐.

1959년 • 46세
자신이 각색 연출한 도스토옙스키의 『악령』을 상연. 당시 문화부장관이었던 앙드레 말로의 프랑스 국립극단 운영 제의를 고사함. 루르마랭의 자택에서 새로운 결의를 다지며 미완성 유고집이 된 『최초의 인간*Le Premier Homme*』
의 일부를 집필해나감.

1960년 · 47세
1월 4일 미셸 갈리마르의 승용차에 동승하여 파리로 돌아오던 중 과속으로
인한 교통사고로 몽트로 근교 빌 블르뱅에서 사망. 알제 근교 티파사에 묻
힘.

옮긴이 **오영민**

한국외국어대학교 불어과 및 동대학원 불문학 석사과정 졸업, 박사과정 수료, 현재 마르셀 프루스트 연구로 학위논문을 준비중이다. 프랑스 인문학 연구모임인 '시지프Sisyphe' 회원으로 활동하고 있으며, 한국외국어대학교 및 동대학 국제사회교육원에서 강의하고 있다. 번역서로는 『아내의 슬리퍼를 신은 남자Elle est moi』(세계사)가 있으며, 2014년에는 『장애의 역사 Corps infirmes et sociétés』(그린비), 『즐거움과 나날Les plaisirs et les jours』(연암서가)을 소개할 예정이다.

시시포스 신화

2014년 1월 25일 초판 1쇄 발행
2021년 1월 10일 초판 2쇄 발행

지은이 알베르 카뮈
옮긴이 오영민
펴낸이 권오상
펴낸곳 연암서가

등록 2007년 10월 8일(제396-2007-00107호)
주소 경기도 고양시 일산서구 호수로 896번지 402-1101
전화 031-907-3010
팩스 031-912-3012
이메일 yeonamseoga@naver.com
ISBN 978-89-94054-48-3 03860

값 12,000원